O rubi no Planalto Central
© Luis Eduardo de Albuquerque Sá Matta, 2008
representado por AMS Agenciamento Artístico, Cultural e Literário Ltda.

EDITORA-CHEFE: **Claudia Morales**
EDITOR: **Fabricio Waltrick**
EDITORA ASSISTENTE: **Malu Rangel**
PREPARAÇÃO E REDAÇÃO: **Estúdio da Carochinha**
COORDENADORA DE REVISÃO: **Ivany Picasso Batista**
REVISORES: **Alessandra Miranda de Sá, Maurício Katayama, Millyane Magna Moura**

ARTE
DIAGRAMADORA: **Thatiana Kalaes**
PROJETO GRÁFICO: **Mabuya Design**
EDITORAÇÃO ELETRÔNICA: **13 arte design**
PESQUISA ICONOGRÁFICA: **Sílvio Kligin (coord.), Jaime Yamane**

CIP-BRASIL. CATALOGAÇÃO NA FONTE
SINDICATO NACIONAL DOS EDITORES DE LIVROS, RJ

M385r

Matta, Luis Eduardo, 1974-
   O rubi do Planalto Central / Luis Eduardo Matta ; ilustrações
Mauro Souza. - São Paulo : Ática, 2009.
   128p. : il. - (Os Caça-Mistérios ; Olho no Lance)

   Inclui apêndice
   Anexo: Cartão decodificador
   ISBN 978 85 08 12049-9

   1. Novela infantojuvenil brasileira. I. Souza, Mauro. II. Título. III. Série.

08-4010.   CDD: 028.5
                                            CDU: 087.5

ISBN 978 85 08 12049-9 (aluno)
ISBN 978 85 08 12050-5 (professor)
Código da obra CL 736368

2017
1ª edição
11ª impressão
Impressão e acabamento: Bercrom Gráfica e Editora

Todos os direitos reservados pela Editora Ática, 2009
Av. Otaviano Alves de Lima, 4400 – CEP 02909-900 – São Paulo, SP
Atendimento ao cliente: 4003-3061 – atendimento@atica.com.br
www.atica.com.br

IMPORTANTE: Ao comprar um livro, você remunera e reconhece o trabalho do autor e o de muitos outros profissionais envolvidos na produção editorial e na comercialização das obras: editores, revisores, diagramadores, ilustradores, gráficos, divulgadores, distribuidores, livreiros, entre outros. Ajude-nos a combater a cópia ilegal! Ela gera desemprego, prejudica a difusão da cultura e encarece os livros que você compra.

LUIS EDUARDO MATTA

O RUBI DO PLANALTO CENTRAL

ILUSTRAÇÕES
MAURO SOUZA

editora ática

QUEM SÃO

OS CAÇA-MISTÉRIOS

Júlia

Nome completo:
Júlia de Castro Álvares Cabral

Idade: 12

Uma qualidade: Sou muito determinada. Quando decido fazer uma coisa, faço mesmo e ninguém me segura.

Um defeito: Sou meio vaidosa. Ou melhor: sou vaidosa e meia. Tento disfarçar isso, mas nem sempre consigo. Aliás, quase nunca consigo. Nunca acho que estou suficientemente bonita e bem-vestida.

Meu passatempo favorito: Escolher roupas e acessórios para vestir e fazer combinações diferentes e originais entre eles. Às vezes me enrolo toda e fica parecendo que estou com uma fantasia de carnaval.

Meu maior sonho: Ser estilista ou produtora de moda. Adoro moda.

Um pouco da minha vida: Meus pais moram no interior, onde eu e meu irmão André nascemos. Quanto fiz oito anos, fui morar com minha avó, Olga, na cidade, para estudar. Meus pais vivem, até hoje, numa fazenda. Vou sempre visitá-los nas férias, mas fico logo doida para voltar, pois eu gosto mesmo é da cidade grande.

André

Nome completo:
André Luiz de Castro Álvares Cabral

Idade: 11

Uma qualidade: Sou criativo (pelo menos é o que me dizem e eu acredito) e estou sempre procurando um *hobby* novo.

Um defeito: Não gosto de atividades físicas e me canso com facilidade. Também não sou lá muito corajoso.

Meu passatempo favorito: Varia muito. Depende do dia.

Meu maior sonho: Poder ficar um mês inteirinho deitado numa rede, sem fazer nada, só comendo coisas gostosas e lendo um livro bacana.

Um pouco da minha vida: Assim como minha irmã Júlia, me mudei para a casa da vovó Olga na cidade, para estudar. Nas férias costumo ir com a Júlia visitar meus pais na fazenda, onde eles moram. Lá aproveito para ler bastante. Adoro livros policiais e de suspense, e filmes de ação.

Uma qualidade: Me adapto a qualquer situação. Sou daquele tipo que "topa tudo" e de vez em quando acabo quebrando a cara por causa disso.

Um defeito: Às vezes sou um pouco debochado e ranzinza. Não liguem. No fundo, eu sou legal.

Meu passatempo favorito: Conversar com os meus amigos. O problema é que eu falo demais e a maioria dos meus amigos, de menos.

Meu maior sonho: Quando ficar mais velho, passar uns meses viajando pelos países árabes. Me acham maluco por querer isso, mas eu não estou nem aí.

Um pouco da minha vida: Nasci em Bagdá, capital do Iraque, e, quando minha mãe morreu, vim com meu pai, Mustafá, morar no Brasil. Eu era bem pequeno e acabei virando um menino de duas pátrias, o que é muito, mas muito bacana.

Rachid

Nome completo: Rachid al-Majid

Idade: 12

Uma qualidade: Sou muito observadora.

Um defeito: Sou aventureira e, muitas vezes, não me dou conta dos perigos que me esperam.

Meu passatempo favorito: Desvendar mistérios.

Meu maior sonho: Conhecer pessoalmente o "Leão", meu chefe, com quem só me comunico pelo computador. Até hoje não sei o seu nome e nem como é o seu rosto. Confesso que fico curiosíssima em saber como é o "Leão". Mas é claro que eu nunca disse isso a ele.

Um pouco da minha vida: Sou descendente direta de Pedro Álvares Cabral, o navegador português que descobriu o Brasil. Trabalhei trinta anos para a Interpol, a Polícia Internacional. Me aposentei há três anos, mas continuo na ativa.

Dona Olga

Nome completo: Olga Maria de Castro Álvares Cabral

Idade: 65

FIQUE LIGADO!

Um importante Marajá veio para o Brasil e foi vítima de um roubo: seu valioso rubi foi trocado por uma pedra falsa.

Prepare-se para participar de uma aventura cheia de ação e solucionar os enigmas junto com os Caça-Mistérios. No decorrer da história, vão aparecer perguntas que você deverá responder usando seu conhecimento, sua inteligência e sua intuição. Às vezes, as pistas estão nas ilustrações; outras vezes, você deve usar o raciocínio. E ainda há casos em que, para chegar às respostas, é preciso ter boa memória. Por isso, vale a pena ler o livro com atenção.

No envelope anexo à capa, você encontrará um decodificador. Você deve colocá-lo sobre o texto oculto na superfície vermelha da página para conseguir ler a resposta.

MAS ATENÇÃO! Primeiro tente responder só usando a cabeça, sem usar o decodificador. Depois de dar sua resposta, coloque o decodificador na superfície vermelha para conferir se acertou ou não. Se acertar, marque um ponto na sua Ficha de Detetive, que está na página 114.

Os Caça-Mistérios contam com a sua ajuda para resolver o mistério de *O rubi do Planalto Central*. Bom divertimento na leitura – e na resolução dos enigmas!

SUMÁRIO

1. Pânico no Itamaraty — 11

2. O joalheiro com nome de árvore — 23

3. Sorrisos falsos e talheres de ouro — 30

4. O chilique do Marajá — 37

Alguém já viu autoridade dar chilique? Pois o Marajá é mestre em rodar a baiana!

5. Um assessor tresloucado — 45

6. A fúria da princesa — 50

Eu achei suspeitíssima a atitude da princesa. Não sou uma das mais premiadas agentes da Interpol à toa: nada escapa ao meu olhar...

7. Investigação pela noite — 60

8. O pássaro misterioso 65

9. Telefonema à meia-noite 71

10. A verdade sobre o Marajá 80

11. Quem esteve no banheiro? 88

12. Adrenalina no lago 95

13. A revelação 103

Curiosidades sobre Brasília e sobre a cultura indiana 117

> Muito sinistro esse passeio noturno. Eu estava morrendo de medo, mas não dei o braço a torcer...

> Eu não conseguia me controlar: não parava de dar risadinhas e suspirar pelo JJ. Nem parecia que estávamos na maior perseguição de bandidos, digna de cinema...

PÂNICO NO ITAMARATY

Sentados no banco de trás de um imponente Mercedes-Benz preto, alugado por dona Olga, Júlia e Rachid olhavam intrigados para André, que, acomodado entre eles, estava totalmente concentrado nas músicas ressoando alto em seus fones de ouvido. Os olhos do garoto estavam cerrados e ele sorria, remexendo os ombros no ritmo da batida e emitindo, de vez em quando, umas sílabas que não faziam o menor sentido.

O carro seguia tranquilamente pelo extenso Eixo Rodoviário que corta o Plano Piloto de Brasília de norte a sul. Era uma noite fresca de fim de verão na capital federal. Sentada ao lado do motorista, dona Olga virou para trás e disse:

— Vocês já sabem, né?

Júlia soltou um suspiro impaciente.

— Já, vovó... *comportem-se* — alterou a voz, mal-humorada. — É a única coisa que você diz desde que a gente chegou em Brasília!

— É porque não vamos a uma festa qualquer, meu bem. É uma recepção de Estado a uma autoridade estrangeira. Um lugar para comer devagar, conversar baixo e, se possível, ouvir muito e falar pouco. É por isso, aliás, que temos duas orelhas e uma boca.

— Fala isso para o André — Rachid apontou para o garoto que sacolejava cada vez mais empolgado ao seu lado. — Aproveita enquanto ele ainda não está surdo.

Agora o Mercedes já avançava pela monumental Esplanada dos Ministérios, toda enfeitada e iluminada. Brasília ficava muito bonita durante a noite. Eles passaram pelo Conjunto Cultural da República, formado por um museu e uma biblioteca, e depois pela famosa Catedral, uma construção que parecia um cone virado para baixo sem a ponta, rodeada por pilares curvos que davam a impressão de se abrir para o céu. Em seguida, veio a fileira de prédios retangulares de fachada esverdeada que abrigavam os diversos ministérios. Logo avistaram o prédio do Congresso Nacional, que reluzia em contraste com o céu escuro.

A área ainda estava decorada com flâmulas e bandeiras para saudar o Marajá de Jodaipur, Rajesh Mishra II, que, com sua comitiva, percorreu a Esplanada dos Ministérios até o Palácio do Planalto, na Praça dos Três Poderes, onde havia sido recebido pelo presidente brasileiro e seus ministros, pela manhã. O Marajá ficaria três dias no Brasil e durante sua visita aconteceriam vários eventos culturais, como a apresentação de uma companhia de dança indiana no Teatro Nacional e uma exposição de fotos de Jodaipur no Salão Negro do Congresso Nacional.

Quem viu o cortejo real jamais vai esquecer: elefantes enfeitados com mantas de seda bordadas a ouro abriam caminho para quatro carruagens douradas, puxadas por cavalos majestosos, das quais a família real e sua comitiva acenavam para a multidão.

Dona Olga ia explicando:

— As carruagens, os cavalos e os elefantes pertencem ao Marajá e chegaram ao Brasil de navio há vinte dias, no porto do Rio. Vieram até Brasília em caminhões com escolta policial.

— Que exagero... — admirou-se Rachid. — Por que o Marajá não usa um carro como todo mundo? Pra que trazer elefantes?

— Acho que é uma tradição na Índia, não é? — comentou Júlia, abrindo a bolsinha bordada que trazia a tiracolo e pegando um batom e um espelhinho. — Eu acho superoriginal. E chique. Chi-que-ré-si-mo!

— Chique? — Rachid encarou-a indignado. — Você quer dizer chiqueiro, né? Já imaginou o tanto de cocô que faz um elefante?

— Ai, que nojo, Rachid! — Júlia quase que deixa o batom borrar. — Por que você não fala sobre esses assuntos agradáveis com o André?

Rachid deu de ombros e começou a implicar com o amigo. Mexia os lábios, sem emitir nenhum som, como se estivesse fazendo uma pergunta. André despertou do transe musical e exclamou, sem tirar o fone:

— Hein?!

Rachid mexeu os lábios mais depressa ainda, apontando para a paisagem ao redor.

— Quê?! — André estava quase gritando. — Não estou entendendo...

Júlia guardou o batom e o espelhinho na bolsa, arrancou o fone de um dos ouvidos de André e berrou:

— É só parar de ouvir esse treco que você entende!

— Treco, não — corrigiu André, enquanto retirava o fone do outro ouvido. — Mais respeito, por favor. Isso aqui é um *player*. Um *player* turbinado. Ele tem até câmera e microfone... E veio com mais de trezentas músicas, muitas de bandas aqui de Brasília. Tem Legião Urbana, Paralamas, Maskavo, Natiruts...

Júlia e Rachid baixaram os olhos para as mãos de André, sem acreditar que naquele aparelhinho pouco maior que um sabonete pudesse caber tanta coisa.

— E ele faz mais o quê? — perguntou Rachid — Dança, sapateia, brinca de pique-esconde...?

André Soltou uma risadinha.

— Ô, Rachid, sai fora! Você tá é com inveja por causa do prêmio que eu ganhei nas embalagens do Fofolitos...

— Prêmio? — A pergunta de Júlia foi acompanhada de uma careta. — Como assim, "prêmio"?

— É, foi um sorteio. Tinha que juntar setenta selos que vinham dentro das embalagens e mandar pelo correio. Ah, e também tinha que responder: "Qual o biscoito salgadinho que deixa a sua vida mais docinha?". Quem fosse sorteado levava esse *player*. Também tinha outros prêmios: um chaveiro que brilha no escuro e toca uma musiquinha em chinês e cinco pacotes grátis de Fofolitos.

— Eca! Você precisou engolir setenta pacotes daquele biscoito fedorento? — Júlia estava perplexa.

— Claro que não, né, Júlia? Comi muito mais. Nem todos os pacotes tinham selos.

— Isso dá para perceber — disse Rachid, olhando para a barriga de André.

Qualquer pessoa que visse a discussão entre os dois acharia que eles deviam passar horas brigando. Mas André e Rachid estavam se divertindo com aquelas provocações. Júlia é que não gostava nem um pouco.

— É incrível como dois pirralhos sem noção como vocês são capazes de falar tanta besteira em tão pouco tempo.

— Lá vem a madame dar aula de etiqueta — caçoou André.

— Júlia, você não acha que colocou batom demais, não? — Rachid abriu um sorrisinho maldoso. — Mais um pouquinho de maquiagem e já dá para conseguir emprego no circo.

Júlia fez uma careta de despeito.

— Pensei que o cargo de palhaço já fosse seu...

André caiu na risada:

— Bem feito, Rachid!

— Chegamos! — anunciou dona Olga, aliviada com a perspectiva de os três ficarem quietos dali em diante.

O Mercedes estacionou em frente ao Palácio Itamaraty. Era uma construção moderna, imponente, rodeada por altas arcadas e por um belo espelho d'água, sobre o qual repousava uma escultura que lembrava um meteoro perfurado. A turma ficou surpresa quando dona Olga contou que a escultura se chamava *O meteoro* mesmo.

— É um trabalho do Bruno Giorgi, um dos mais importantes escultores brasileiros — ela explicou, descendo do carro. — Vocês perceberam que a escultura é composta por cinco blocos unidos? Cada um representa um continente. É uma referência ao papel do Ministério das Relações Exteriores, que funciona aqui no Itamaraty.

> **Procure pelo número 1 no mapa da página 116 e veja onde fica o Palácio Itamaraty.**

Júlia, André e Rachid saltaram do carro. Faltavam quinze minutos para o começo do jantar que o presidente brasileiro ofereceria ao Marajá de Jodaipur na Sala Brasília do Itamaraty. Dona Olga usava um discreto vestido cinza-chumbo de seda e uma echarpe preta. Júlia optou por um vestido verde-abacate, óculos de armação vermelha e uma galocha xadrez. André e Rachid até pareciam comportados em seus ternos. E é lógico que Rachid usava seu inseparável *kefié* enxadrezado vermelho e branco.

Dona Olga notou que André continuava segurando o *player*: os fones de ouvido balançavam ao sabor da brisa.

— Você vai entrar ouvindo isso? — ela perguntou, com as mãos na cintura. — Não quer ensaiar uns passinhos de dança aqui fora antes, para acompanhar a música?

André percebeu a mancada e tratou de guardar o *player* rapidinho. Eles atravessaram a passarela sobre o espelho d'água, coberta por um tapete vermelho e ladeada por homens da guarda de honra presidencial, os Dragões da Independência. Os soldados vestiam as tradicionais fardas em branco e vermelho, idênticas às usadas em 1822 por cavaleiros que acompanharam Dom Pedro I no momento da declaração da independência do Brasil.

Os quatro caminharam pelo saguão até chegar a uma escada circular sem corrimões. Todos acharam superdiferente. Enquanto subiam, dona Olga ia contando que aquela era uma escada "helicoidal": não era uma escada qualquer, mas, sim, uma obra de arte, porém nenhuma das três crianças prestou muita atenção. Estavam mais interessadas na grandiosidade do interior do Palácio.

Júlia atrasou o passo e retirou o espelhinho da bolsa para dar uma conferida na produção. Será que tinha mesmo exagerado? Foi só se olhar no espelho para ter certeza: maldito Rachid, tinha razão! Talvez fosse o caso de entrar fazendo piadas e contorcionismos para alegrar o Marajá. O pior é que não tinha nenhum lenço para tirar o excesso de batom. Entrou em desespero. Precisava encontrar um banheiro!

— Ai, vovó, eu preciso ir à toalete.

— De jeito nenhum. Estamos em cima da hora para o jantar.

— Mas é que...

— Sem chances, Júlia. Eu vi muito bem que você foi ao banheiro antes de sairmos do apartamento. Você está é querendo se emperiquitar ainda mais, eu sei.

Júlia amarrou a cara e cobriu o rosto com a franja em um penteado moderno. Assim que entrasse em casa ia escrever para o *site* de onde havia tirado as dicas de maquiagem. Era tudo uma enganação!

Muita gente chegava naquele momento. Homens alinhados em seus ternos bem cortados e mulheres perfumadas e maquiadas com roupas de alta-costura deixaram Júlia tão admirada que ela até afastou a franja do rosto para ver melhor. Havia ministros, políticos, diplomatas, empresários, intelectuais e gente importante de todo o Brasil. Rachid reconheceu o embaixador do Iraque e sua mulher ao ouvi-los passar conversando em um árabe familiar, com sotaque de Bagdá. Eles chegaram a um saguão e subiram uma segunda escada, desta vez reta e em dois lances, que levava à Sala Brasília. Foi quando André resolveu fazer uma pergunta que não lhe saía da cabeça:

— Vovó, se a recepção é pra toda essa gente importante, por que nós, que não temos a mínima importância, fomos convidados?

— Já esqueceu que somos descendentes de Pedro Álvares Cabral, o descobridor do Brasil?

— E daí? — perguntou Júlia.

Dona Olga abriu um sorriso.

— E daí que desde as celebrações pelos quinhentos anos do descobrimento do Brasil, em 2000, eu passei a ser convidada com frequência para eventos importantes. Quando me convidaram para este jantar, consegui três convites a mais, para vocês. Achei que seria uma ótima oportunidade de fazermos um passeio diferente.

Eles chegaram ao terceiro andar e dobraram à direita num salão muito bem decorado. O chão era recoberto por tapetes orientais. Numa das paredes, um grandioso quadro do pintor francês Jean Baptiste Debret retratava a coroação de Dom Pedro I como imperador do Brasil. A turma se lembrou do roubo da moeda de ouro durante uma exposição numismática no Paço Imperial, e das aventuras em que eles tinham se envolvido para solucionar o caso. A moeda era supervaliosa, pois, além de ser rara e de ouro, tinha sido cunhada em homenagem à coroação.

A Sala Brasília ficava logo adiante e já estava repleta de gente. As portas de vidro que davam para o terraço ajardinado tinham sido abertas e um vento frio soprava no local. Dona Olga, Júlia, André e Rachid sentaram em uma das mesas, e observaram as pessoas ao redor: dois casais de diplomatas europeus, um influente senador, sua mulher e uma *socialite* que parecia uma joalheria ambulante. Na mesa deles estava um homem charmoso, de cabelos louros meio grisalhos e olhos muito verdes. Assim que dona Olga se acomodou, ele, casualmente, puxou conversa:

— Posso estar enganado, mas acho que esta é a primeira vez que um marajá visita o Brasil.

Dona Olga concordou:

— Se algum marajá esteve por aqui antes, eu não fiquei sabendo.

O homem falava de maneira elegante. Pelos cálculos de dona Olga, devia ter seus cinquenta anos.

Ele estendeu a mão gentilmente para cumprimentá-la:

— Permita que eu me apresente: Orestes Buriti. Sou joalheiro aqui em Brasília.

— Muito prazer. Olga Maria de Castro Álvares Cabral. Estes são meus netos, Júlia e André, e seu amigo, Rachid.

O joalheiro observou o *kefié* de Rachid tão ostensivamente que Júlia, fingindo ajeitar a franja, cutucou o braço do menino e sussurrou:

— Ai, que vergonha, Rachid! Esse seu pano de prato está chamando a atenção de todo mundo...

Rachid não se alterou:

— Em primeiro lugar, não tem ninguém reparando. E vai se olhar no espelho para ver se é o meu *kefié* ou a sua boca vermelhona de vampira de filme *trash* que está chamando a atenção.

Os miolos de Júlia ferveram de ódio e ela pensou em usar o guardanapo elegantemente enrolado dentro de uma argola de prata para limpar a boca. Mas percebeu que ia ser um tremendo mico e achou melhor esperar os pratos serem servidos.

Rachid não deixou por menos:

— Além disso, como eu já estou cansado de repetir, essa magnífica peça do vestuário que está na minha cabeça não é um pano de prato. É um *kefié*. Aliás, esse aqui é o meu *kefié* de gala. É de seda chinesa pura e foi comprado numa loja chiquerésima, como você diz, na rua Sadun, em Bagdá.

— Rachid, nem o embaixador do Iraque está usando esse treco — rosnou André.

— Problema do embaixador se ele não sabe se vestir — falou Rachid, dando de ombros.

Dois garçons se aproximaram da mesa trazendo o menu do jantar. Antes que eles pudessem abri-lo, no entanto, a chegada do presidente do Brasil e do Marajá de Jodaipur, acompanhados das suas respectivas mulheres, foi anunciada. O presidente entrou primeiro, ao lado da primeira-dama. Em seguida, duas jovens de pele azeitonada passaram jogando pétalas de rosa no chão, abrindo passagem para o Marajá Rajesh Mishra II e sua esposa, a Marani — que é o jeito de os indianos chamarem as rainhas — Bhargavi, uma mulher belíssima e bem mais jovem do que o marido, que devia ter mais de sessenta anos e era baixinho e meio gordo.

A Marani e as moças que jogavam as pétalas vestiam lindos tecidos (o da rainha era marfim e dourado; os das moças, todos coloridos), presos ao corpo de um jeito todo especial. As joias da rainha eram deslumbrantes: um colar de treze fileiras de pérolas e uma colorida tiara de ouro e pedras preciosas, que ficava ainda mais brilhante em contraste com seus cabelos negros.

— Vovó... — sussurrou Júlia —, que novidade *fashion* é esta que as mulheres estão vestindo?

— São sáris, Júlia — Dona Olga mal podia conter o riso —, e são novidades há pelo menos cinco mil anos. Você percebeu como eles são diferentes entre si? Cada bordado e cada cor de tecido têm seu significado. Quando uma princesa indiana se casa, seu enxoval pode ter mais de 250 sáris.

— "Fiiiiiiiiiiiiiiiiiiu" — assobiou André, que estava ligado na conversa. — Aí, Júlia, os vestidinhos, casaquinhos, bolsinhas, sapatinhos e todo nhénhénhé do seu armário não dão nem pro gasto, hein?

Júlia ficou furiosa:

— Escuta aqui, seu prego...

— Vocês dois querem parar com esse bate-boca? Olha lá, o Marajá está saudando os convidados.

Se a Marani tinha deixado todos embasbacados com seu sári, o Marajá não ficou para trás. Vestia um uniforme de veludo azul-marinho bordado com finos fios de ouro e coberto de medalhas. O que mais chamava a atenção no soberano, porém, era o turbante, de seda rosa-salmão, enfeitado com uma pluma lilás e uma reluzente pedra vermelha incrustada num broche de prata.

— Ah, o *Ágni ki fúol*... — suspirou Orestes Buriti, atraindo a atenção de dona Olga.

— Desculpe? — Ela se inclinou na direção do joalheiro.

Buriti, visivelmente perturbado, apontou para o Marajá.

— Essa pedra magnífica que enfeita o turbante do Marajá... É um dos maiores e mais valiosos rubis do mundo. Chama-se *Ágni ki fúol*, "flor de fogo", em híndi.

— Ah! Claro! Saiu muito sobre esse rubi nos jornais, não é mesmo? — dona Olga sorriu educadamente.

Rachid cutucou Júlia:

— Entendi por que você veio fantasiada com essas galochas e com a cara toda pintada. Achou que ia dar showzinho lá na frente também, né?

— É, ela achou que ia desfilar e ganhar o prêmio pela roupa mais esquisita — André piscou para Rachid.

Júlia quase teve um chilique.

— Ai, que ódio, que ódio! Como vocês são chatos! E não adianta fingir que não gostaram do desfile que eu vi vocês de boca aberta quando as moças passaram.

Rachid fingiu que não ouviu (só ficou um pouco vermelho) e continuou falando:

— E o mais engraçado é vocês dois falarem que o meu *kefié* é que chama a atenção. O Marajá aparece usando um turbante cor-de-rosa com uma pena e um pedregulho vermelho quase do tamanho de um ovo na frente, e é o meu humilde *kefié* que chama a atenção? Essa é boa...

— Ei, pessoal — dona Olga debruçou-se na mesa. — Já chega de falar abobrinha! Quando é que vocês vão ficar tão perto de um marajá de verdade de novo? Aproveitem, prestem atenção nos detalhes, para depois poder contar isso para os netos de vocês!

— O Marajá deve ser meio louco para usar um pedregulho como esse no turbante... — André estava impressionado.

— Não é um pedregulho, André. É um rubi. E um dos mais preciosos do mundo — dona Olga explicou.

— Mas que o Marajá é maluco, isso ele é — disse Rachid, concordando com André. — Além de colocar um turbante cor-de-rosa, ainda sai de casa com o rubi pendurado nele? E se cair? Já era... — Rachid fez um barulho com a boca que lembrava um ovo se espatifando no chão.

— Não haveria nenhum problema. O rubi é o mineral mais duro depois do diamante — continuou dona Olga, olhando para o Marajá de relance.

— Uau — admirou-se André. — Agora eu respeitei o Marajá.

Dona Olga olhou feio para o garoto, mas não pôde deixar de rir com o jeito despachado do neto.

O presidente e o Marajá se dirigiram para duas tribunas de madeira com microfones, colocadas lado a lado diante da comprida e colorida tapeçaria de lã que dominava toda a parede principal do salão. O presidente saudou a visita do Marajá. Ao final, ecoou uma ruidosa salva de palmas. Júlia se levantou um pouco da cadeira e viu, algumas mesas adiante, dois homens de turbante e uma mulher de sári com uma tiara prateada sobre os cabelos grisalhos. "Devem ser outros membros da família real de Jodaipur", pensou. A menina olhava assombrada a movimentação do salão. Sua avó tinha razão: era uma chance única participar de um evento daqueles. Do alto dos seus doze anos (Júlia achava que já eram suficientes para se considerar adulta), nunca havia visto tantas pessoas elegantes, perfumadas e educadas no mesmo lugar. E os indianos, com seu porte e roupas diferentes? Com certeza a Índia estaria no roteiro da sua próxima viagem.

Enquanto Júlia devaneava, a cerimônia continuava. Quando chegou a vez de o Marajá falar, uma coisa inesperada aconteceu: o rubi se desprendeu do turbante e caiu no piso de mármore branco do salão, quebrando em pedacinhos.

Fez-se um silêncio angustiante. O Marajá olhava a pedra despedaçada em estado de choque, e chegou a ajoelhar no chão. A Marani parecia ainda mais assombrada, torcendo as mãos com força.

Dona Olga, Júlia, André e Rachid se levantaram impulsivamente, chocados. "Preciso ligar para o 'Leão'", pensou dona Olga. Ele era seu chefe na Interpol, e certamente saberia o que fazer para evitar que o incidente se tornasse uma crise diplomática.

Dona Olga não tinha nenhuma dúvida de que o Marajá de Jodaipur fora vítima de um roubo.

Como ela disse, o rubi é um mineral muito duro, que não quebra.

SERÁ QUE VOCÊ SABE?

Como dona Olga chegou a essa conclusão?

Acertou sem usar o decodificador? Marque um ponto na sua Ficha de Detetive!

O JOALHEIRO COM NOME DE ÁRVORE

Dona Olga, Júlia, André e Rachid estavam hospedados num amplo apartamento na Quadra 205 da Asa Sul. Era uma das SQS — jeito mais fácil de dizer "Superquadras Sul".

> Procure pelo número 2 no mapa da página 116 e veja onde fica o prédio em que a turma está hospedada.

Quando estava saindo da festa, dona Olga recebeu uma mensagem do "Leão" pelo celular. "Bingo!", pensou. Assim que chegou ao apartamento, foi para o quarto, abriu o *laptop* e digitou uma infinidade de letras e números no teclado. Viu surgir na tela a sombra familiar de uma cabeça masculina, projetada sobre um fundo azulado, enquanto uma voz grossa e firme saía das caixas de som:

— A senha, a senha... Rápido com isso!

O "Leão" parecia ainda mais impaciente do que de costume. Dona Olga abriu o livro que estava lendo nos últimos dias e falou:

— A senha do mês são as citações de Oscar Niemeyer presentes na "Sinfonia da alvorada", de Tom Jobim e Vinicius de Moraes: Brasília é "como uma flor naquela terra agreste e solitária...".

O "Leão" interrompeu, agora mais emocionado que ansioso:

— "Como uma mensagem permanente de graça e poesia..."

— "Uma cidade de homens felizes, homens que sentem a vida em toda a sua plenitude, em toda a sua fragilidade; homens que compreendam o valor das coisas puras." — Esse trecho já não fazia parte da senha, mas era tão bonito que dona Olga não resistiu.

— Que linda poesia... Bem, bem — o "Leão" pigarreou. — Saudações, dona Olga! Estava aguardando o seu contato.

— Eu e as crianças acabamos de chegar do jantar no Palácio Itamaraty.

— Desta vez nosso problema cruzou mares: *Ágni ki fúol*.

— *Nosso* problema? — perguntou dona Olga, ressabiada.

— A senhora foi à cerimônia e acompanhou tudo. Não tinha mais nenhum agente da Interpol lá. Logo, ninguém melhor do que a senhora para resolver este caso.

Dona Olga já desconfiava de que ele faria essa proposta. Começou a se perguntar se o "Leão" tinha esquecido que ela estava aposentada...

O "Leão" continuou:

— O *Ágni ki fúol* é uma das joias mais cobiçadas que existem. Há séculos ladrões do mundo todo desejam colocar as mãos nela.

— E por que esses ladrões vieram roubar o rubi justo aqui no Brasil?

— Se alguém pretendia se apropriar da pedra, poderia agir em qualquer lugar. Calhou de ser aqui. Nosso prazo é curto, vamos aos fatos, dona Olga, aos fatos: o Marajá e sua comitiva vão embora na quinta-feira à tarde.

— Mas será que o rubi foi mesmo roubado aqui em Brasília? O Marajá e sua família chegaram ontem... O roubo pode ter acontecido ainda em Jodaipur, não acha? — Dona Olga insistiu no mesmo ponto.

— Não serei eu a lhe dar esta informação, dona Olga. Foco, a senhora precisa de foco. Para ajudar, conversei há pouco com Arjun Barupal.

Dona Olga franziu a testa.

— Com quem?

— Arjun Barupal. É o conselheiro do Marajá. O sábio da corte. Fala 24 idiomas, inclusive o português. Arjun Barupal me pediu para chamar um agente da Interpol para um almoço amanhã ao meio-dia no hotel onde a comitiva está hospedada. Se a senhora concordar...

— Pode confirmar. — Desta vez foi dona Olga quem ficou impaciente.

— E avise, por favor, que irei com três crianças. Os meus assistentes, como o senhor sabe.

— Ah, sim, claro. Como poderia me esquecer de algo tão... inusitado? O hotel fica no Setor Hoteleiro Norte, junto ao Eixo Monumental.

— Estaremos lá. Mais alguma instrução?

— Por enquanto, não. Boa sorte, dona Olga. É sempre bom contar com a sua experiência. Tenha uma boa noite, ou melhor: tenha um bom dia. Afinal, já são quase três da manhã.

Dona Olga desligou o computador. Levantou, aproximou-se da janela e abriu o vidro. O ar estava frio e úmido e a escuridão do céu contrastava com as luzes das ruas e dos prédios. Avistou alguns carros passando em alta velocidade pelo Eixo Rodoviário. Esperava acordar com alguma boa ideia para começar a investigação.

Dona Olga desfez o penteado, trocou de roupa e, ao abrir a porta do quarto, ouviu os garotos conversando na sala.

— Ué?! Ainda acordados?

Júlia, André e Rachid estavam sentados num dos sofás, já de pijama. Rachid não tinha tirado seu *kefié* de gala.

— A gente estava esperando você falar com o "Leão" — disse André.

Dona Olga sentou na ponta de um dos sofás e apanhou uma revista na mesa de centro. A reportagem principal falava do Marajá, do rubi e da corte de Jodaipur.

Rachid perguntou:

— O que o "Leão" disse?

— Que o rubi foi mesmo roubado. Amanhã vamos nos encontrar com o Marajá.

— Com o Marajá?

— Pois é. Quem vai nos receber é o conselheiro do Marajá. Ele se chama Arjun Barupal e fala português.

— Ufa! — Rachid não se conteve. — Já imaginou se a gente precisasse conversar com os indianos naquela língua deles? Aliás, como é que se chama mesmo a língua deles?

— Híndi, Rachid, híndi — adiantou-se André. — E é só uma das línguas faladas por lá. E até parece que árabe é menos complicado.

— Olha o André, fez a lição de casa, fez?

— Se ninguém ali falasse português, certamente o Marajá arrumaria um intérprete — interrompeu dona Olga. — Temos que nos preocupar é com a investigação.

Ela folheou a revista e parou numa página em que o Marajá estava com o turbante — e com o rubi.

— Vou contar para vocês um pouco sobre Jodaipur e o *Ágni ki fúol*. Quem sabe durante a conversa de amanhã vocês conseguem pescar alguma informação interessante?

As três crianças ouviram atentas:

— O Marajá Rajesh Mishra II é membro da dinastia Mishra, que governa Jodaipur há oitocentos anos. Jodaipur é um principado de apenas quinhentos quilômetros quadrados no Rajastão, um estado do noroeste indiano. A família real habita o Firozí Mahal, construído no século XVI. "Firozí Mahal" significa "palácio azul-turquesa" em híndi. Suas paredes externas são revestidas de azulejos azuis vindos da Pérsia. Os habitantes de Jodaipur praticam a religião hindu.

— E onde é que o rubi entra nessa história? — perguntou André.

— Diz a lenda que o rubi foi encontrado há mais de quatrocentos anos. Um jovem e rico mercador de Calcutá o deu de presente para a princesa de Jodaipur, pois queria se casar com ela. A princesa se apaixonou pelo mercador e aceitou o presente, mas o casamento não aconteceu. Na verdade, o pai da princesa, o Marajá da época, não permitiu a união porque o mercador era de outra cidade e pertencia a uma casta inferior.

— Casta? — os três perguntaram quase ao mesmo tempo.

Dona Olga pensou um pouco.

— Deixe-me ver como explicar... bem, os hindus acreditam que a posição de cada ser humano na sociedade é um desígnio divino e hereditário. De acordo com esse desígnio, desde que nascem, os homens pertencem a certo grupo social específico, que tem a mesma raça, profissão e religião. E não podem sair dele até morrer.

— Ah, tá — disse Rachid. — É que eu pensei que casta fosse aquele pozinho branco que dá no cabelo.

— Isso é *caspa*, Rachid! Não casta! — rosnou Júlia.

Dona Olga fingiu não ouvir e retomou o fio da meada:

— A princesa, então, ficou muito triste e adoeceu. Morreu pouco depois que o mercador foi expulso de Jodaipur pelo Marajá. Segundo a lenda, no leito de morte, ela teria feito um pedido ao irmão, sucessor do pai: que o rubi se tornasse a principal joia do reino. Desde então, o *Ágni ki fúol* adorna os turbantes de todos os soberanos de Jodaipur.

— Nossa, que história...! — Rachid estava impressionado. Parecia coisa de cinema.

— E olhem só o que mais: o rubi tem 134 quilates e é um dos maiores do mundo — continuou dona Olga. — Em híndi, *Ágni ki fúol* quer dizer "flor de fogo".

André deu um grito:

— Espera aí, vovó! Alguém falou isso hoje, não falou?

— É verdade! — Rachid deu um pulo do sofá. — Foi aquele sujeitinho que estava na nossa mesa lá no jantar. O joalheiro almofadinha! Ele falou também que esse é um dos rubis mais valiosos do mundo. E disse isso suspirando, quase com água na boca. Com certeza ele tem culpa no cartório.

— Ah, é? — Júlia colocou os braços na cintura. — Me explica, então, como é que o joalheiro ia roubar o rubi, se ele estava sentado na nossa mesa? Com a força do pensamento?

Rachid se enrolou:

— Ah... sei lá... Ele pode ter roubado o rubi verdadeiro antes da cerimônia e colocado o falso no turbante do Marajá.

— E ele ia ficar ali do nosso lado suspirando por um rubi que ele sabia que era falso? — rebateu Júlia. — Conta outra, Rachid!

Dona Olga interveio:

— Não é certo fazer acusações precipitadas, mas Rachid pode ter razão. Afinal, o homem é joalheiro. Joalheiros trabalham com pedras preciosas e poucas pedras são tão preciosas como o *Ágni ki fúol*. Acho que é uma boa ideia investigá-lo.

— Como é que ele se chama mesmo? — perguntou André.

— Não estou conseguindo me lembrar. — Dona Olga tentava se concentrar. — O sobrenome era o nome de uma árvore.

— Ele falou que é joalheiro aqui de Brasília, né? — complementou Rachid. — Vai ser fácil descobrir o nome dele e até onde fica essa joalheria.

Dona Olga levantou:

— E por que não fazemos isso agora?

Eles seguiram dona Olga até a suíte dela e sentaram na cama. Dona Olga conectou-se rapidamente aos arquivos da Interpol. Rachid digitou "joalherias em Brasília" e, instantes depois, uma relação detalhada apareceu na tela. Mais para o fim da lista constava o nome que procuravam: "Buriti Joias". Dona Olga deu um grito:

— É isso! O sobrenome do joalheiro era Buriti, que é um tipo de palmeira muito comum aqui no cerrado. A sede da joalheria fica no Setor Comercial Local Sul 201, bloco C, loja 39, Asa Sul — ela tomou nota do endereço na agenda.

— Certo — Júlia já estava impaciente. — E o primeiro nome dele?

VOCÊ SABIA?

Dona Olga disse que o rubi *Ágni ki fúol* tem 134 quilates. Quilate é uma unidade de massa usada para pesar pedras preciosas desde a Antiguidade e é definida pela abreviação "ct". Quilate também mede a pureza do ouro e, nesse caso, a abreviação usada é "k". As joias produzidas no Brasil normalmente são feitas com ouro 18 quilates — uma mistura de ouro (75%) com outros metais (25%). O ouro puro possui 24 quilates.

— É o que vamos descobrir agora. Com licença, Rachid. — Dona Olga digitou algumas palavras. — Aqui está.

Júlia, André e Rachid aproximaram o rosto da tela e leram a reprodução da página de um jornal da cidade, de poucos meses antes:

— "O joalheiro Orestes Buriti, proprietário da Buriti Joias, parou a cidade com uma festa para celebrar a inauguração de sua nova loja, no

térreo de um hotel de luxo. Aproveitou para lançar sua nova coleção de joias, toda inspirada na religião hindu."

Havia um ar de vitória estampado no rosto dos três, quando André, enfim, falou:

— Então ele é o Orestes Buriti.

— Há um detalhe que aumenta ainda mais as suspeitas sobre o joalheiro — concluiu dona Olga.

Júlia, André e Rachid se entreolharam, intrigados, e leram a matéria mais uma vez.

SERÁ QUE VOCÊ SABE?

Que detalhe deixou dona Olga tão intrigada?

Releu o texto com atenção e achou a resposta? Mais um ponto na Ficha de Detetive!

SORRISOS FALSOS E TALHERES DE OURO

O Mercedes alugado por dona Olga estacionou numa ruazinha simpática diante do hotel que hospedava a comitiva de Jodaipur, no Setor Hoteleiro Norte. Dona Olga desceu primeiro, seguida de Júlia, Rachid e André, que era, como sempre, o mais lento dos quatro. Dona Olga e Rachid entraram no hotel e Júlia aproveitou para amarrar o tênis. A avó havia torcido o nariz para a roupa da menina ("Esse tênis mais parece uma sapatilha de alpinista, para que todos esses fios?! E ainda com um vestido de festa! Por que não coloca uma meia-calça, um sapatinho discreto?"), mas Júlia se sentia ultradescolada. Especialmente porque o vestido nem de longe poderia ser definido como de "festa". Coisa mais brega!

Enquanto a menina passava por esses dilemas *fashion*, André contemplava o céu, que refletia um azul-claro cintilante e estava pincelado por finas nuvens brancas. Por conta da altitude da cidade, elas pareciam muito próximas do chão.

> Procure pelo número 3 no mapa da página 116 e veja onde fica o Setor Hoteleiro Norte (SHN), no qual o Marajá está hospedado.

Finalmente André e Júlia entraram no luxuoso salão de mármore do hotel, dirigindo-se à recepção e procurando pelos outros. André deu uma medida na irmã:

— E aí, Júlia, vamos apostar uma corrida? Eu vou de elevador e você vai escalando as paredes. Só toma cuidado pra não amassar o vestido.

Júlia não respondeu, mantendo a pose. Mas estava tão concentrada em si mesma que tropeçou em Rachid, parado no meio do caminho. Seu tênis fez aquele barulhinho irritante de borracha freando e algumas pessoas viraram para encará-la.

— Ai, Rachid! Presta atenção! Sai do meu caminho! O que você está fazendo plantado aí?

O menino apontou para a esquerda, onde havia uma loja iluminada. Sobre ela, elegantes letras em bronze: BURITI JOIAS.

— É a nossa joalheria! — exclamou Rachid.

— A inauguração foi nesse hotel... — Dona Olga estava boquiaberta. — Não deixa de ser uma baita coincidência o Marajá estar hospedado aqui.

Júlia ajeitou os óculos para observar o interior da joalheria, onde uma moça de pele alva e cabelos compridos, cor de vinho tinto, estava em pé atrás de um balcão de madeira com tampo de vidro. Um homem alto, louro, vestindo um terno alinhado, aproximou-se dela e falou alguma coisa.

Era Orestes Buriti.

— Olha lá, gente — Júlia sussurrou num tom estridente. — É ele, é o joalheiro.

Os quatro observaram Buriti trocar palavras com a moça, que devia ter pouco mais de vinte anos. Ele parecia agitado e passava a mão nervosamente pelo cabelo. A moça fez um gesto qualquer com a cabeça, que eles não conseguiram decodificar, antes de o joalheiro sumir loja adentro.

— O que será que eles estavam conversando? — perguntou André.

— Será que tem alguma coisa a ver com o rubi?

— Vai ver o almofadinha convidou a garota para jantar, ela não aceitou e aí ele teve um chilique e foi para o banheiro chorar — Rachid deu de ombros.

— É, pode não ter sido mesmo nada de mais — concordou dona Olga, olhando desconfiada para a joalheria.

Dirigiram-se ao balcão da recepção do hotel. Um rapaz os recebeu com um sorriso ensaiado, tão falso quanto o rubi que caíra do turbante do Marajá na noite anterior.

— Sou Olga Maria de Castro Álvares Cabral. Nós — ela apontou para a turma à sua volta — temos hora marcada com Sua Alteza, Rajesh Mishra II, Marajá de Jodaipur.

— Um momento — o rapaz falou rapidamente ao telefone, digitou qualquer coisa no computador e retornou com o mesmo sorriso que, como disse Júlia, parecia um carimbo.

— O senhor Arjun Barupal, conselheiro do Marajá, está à espera dos senhores na Suíte Imperial, último andar. — E fez um gesto com a mão. O sorriso continuava no rosto. — Tomem o último elevador à sua direita.

Depois que todos entraram, dona Olga apertou o botão.

Segundos depois, a porta do elevador se abriu. No *hall* acarpetado e perfumado, eles eram esperados por um senhor alto, magro, de pele azeitonada, barba branca e óculos de armação grossa. Vestia uma farda cáqui com botões de metal e usava um turbante azul.

O homem inclinou a cabeça na direção dos quatro com as mãos unidas na altura do queixo, saudando-os num português pausado e com forte sotaque:

— Eu sou Arjun Barupal, secretário de Sua Alteza, o Marajá de Jodaipur — disse o homem e apontou a enorme porta dupla que se abria para a suíte imperial. — Vamos entrar. Sua Alteza está esperando.

Barupal estava descalço, e dona Olga lembrou que era costume entre muitos povos do Oriente tirar os sapatos antes de entrar nas casas. Ela fez menção de abaixar para retirar os seus, mas Barupal apressou-se em interrompê-la:

— Vocês não precisam tirar os sapatos. Não estamos em Jodaipur. Fiquem à vontade.

— Mas o senhor está descalço... — argumentou Rachid.

— Hábito. — Barupal notou o *kefié* de Rachid e perguntou: — Qual é o seu país?

— Sou iraquiano. Mas moro no Brasil desde pequeno. Acho que sou meio brasileiro também.

Assim que entraram na suíte, Barupal fechou a porta.

— Ah... o Brasil é um belo país. — O secretário suspirou. — Iraque também é um belo país. Iraque é terra antiga. Tem civilização muito antiga.

Junto a um janelão comprido de onde se descortinava a vista do Eixo Monumental, havia uma larga mesa oval, impecavelmente arrumada com uma toalha de renda, louças finas, talheres dourados e copos de cristal. Arjun Barupal indicou cadeiras para eles se sentarem e anunciou solenemente:

— Sua Alteza, o Marajá Rajesh Mishra II, de Jodaipur, logo estará conosco.

E sumiu por uma porta. André pegou, curioso, o garfo dourado ao lado do seu prato e fez uma cara de espanto:

— Caraca... Que garfo pesado!

Júlia e Rachid fizeram o mesmo teste: todos os talheres eram pesadíssimos. Também notaram que não havia facas.

— É claro que os talheres são pesados! — disse dona Olga. — São de ouro, vocês não notaram?

— De ouro?!

Dona Olga levou o indicador aos lábios.

— Shhhh! O Marajá deve ter trazido esses talheres de Jodaipur. Aliás, ele deve ter trazido tudo isso de lá. Talvez até a mesa...

A porta se abriu e eles se empertigaram nas cadeiras. Arjun Barupal entrou e, atrás dele, surgiu uma moça usando um sári lilás, carregando um cesto de vime com pétalas rosa-chá. Como na Sala Brasília, ela foi jogando as pétalas no chão, formando um caminho para o Marajá, que chegou em seguida. De perto ele era mais gordo e mais velho do que pareceu na cerimônia. Vestia a mesma farda azul-marinho com botões dourados e usava um turbante rosa-salmão, com uma tira comprida que caía pelas costas, parecido com aquele que trazia o rubi. O Marajá olhou os seus convidados com uma expressão séria e, como fizera Barupal, juntou as mãos na altura do queixo e inclinou-se numa saudação:

— *Namastê! Svagat!* — ele disse em híndi, sentando. — *Apse milkar bahut khushi hui.*

Dona Olga, Júlia, André e Rachid voltaram-se aturdidos para Barupal, que, prontamente, traduziu a saudação:

— Sua Alteza deu as boas-vindas e disse que é um prazer conhecê-los.

— E... e o que a gente responde pra ele? — perguntou André, quase gaguejando.
— Podem responder: *Dhanyavad. Mujhe bhi.*
— Como? — indagou Rachid.
— *Dhanyavad. Mujhe bhi* — repetiu Barupal.
Rachid se atrapalhou mais ainda:

> **VOCÊ SABIA?**
> O híndi é a língua oficial da Índia, falada por cerca de 40% da população. Essa língua é pra lá de antiga e utiliza o alfabeto devanágari, derivado do brami, que, por sua vez, é uma adaptação do alfabeto aramaico feita no século VII a.C.

— Dânia vai... o quê?
Dona Olga fez uma careta para Rachid e se dirigiu a Barupal:
— Diga a Sua Alteza que o prazer é nosso e que nos sentimos honrados com o convite para este almoço.
Barupal assentiu e cochichou qualquer coisa ao Marajá. Ele sorriu. Era a primeira vez que sorria desde a noite anterior. Júlia perguntou, casualmente:
— E a rainha? Ela não vem almoçar conosco? — Imagine se a menina não estava curiosa para saber como a Marani estaria vestida.
Arjun Barupal respondeu:
— Sua Alteza, a Marani Bhargavi, ficou muito abalada com o desaparecimento do rubi e está repousando, com enxaqueca. Sua Alteza pede desculpas por não poder comparecer.
— E os outros membros da família real? — indagou Rachid.
— O irmão mais velho do Marajá, o príncipe Gulab, está no Teatro Nacional — informou Barupal, serenamente. — Ele dirige a Companhia de Dança de Jodaipur, que se apresenta hoje à noite para comemorar a visita do Marajá ao Brasil. A princesa Saran, sua esposa, aproveitou o dia para fazer compras e visitar obras de caridade.

Barupal balançou uma sineta de prata e um time de quatro copeiros com bandejas e travessas douradas apareceu quase imediatamente. O conselheiro fez sinal para que a comida fosse servida.

E que comida! O almoço tinha quatro pratos típicos da culinária indiana, acompanhados pelo tradicional *chapati*, um pão grelhado, chato e redondo. O primeiro prato, *pulao*, era um arroz temperado com legumes e especiarias. Depois, vieram lentilhas cozidas e bolinhos de trigo grelhados, chamados *bati*. Arjun Barupal contou que esse era um prato muito popular em todo o Rajastão. Em seguida, foi servida uma carne de cordeiro cozida no molho de pimenta (eles sentiram o aroma de longe). Rachid comeu dois pratos e ainda comeria um terceiro se não sentisse um leve cutucão de dona Olga. Já Barupal recusou o cordeiro — ele era vegetariano. Preferiu uma salada de pepino, iogurte e tiras de cebola. André já estava mais do que satisfeito (tinha até aberto um botão da calça), mas não dava para recusar a sobremesa: bolinhos de leite com farinha de castanha-de-caju, decorados com uma finíssima lâmina de ouro que se desfazia na boca. Para beber, água mineral, *lassi* — uma bebida feita de iogurte, leite, cardamomo e manga — e, no final de tudo, chá-preto de Darjeeling, que tinha um leve gosto de gengibre e cardamomo. Barupal comentou que Darjeeling era uma pitoresca cidade que ficava no sopé da cordilheira do Himalaia, onde havia plantações do melhor chá do mundo.

André, que não gostava nem um pouco de chá ("só obrigado, quando estou doente", como sempre repetia), acabou bebendo, por educação. Quando deu o primeiro gole, fez uma cara horrível e quase cuspiu tudo em Barupal. Mas percebeu que o gosto não era tão ruim: o chá-preto, amargo, misturado com especiarias, deixava um sabor interessante na boca. Quando os copeiros começaram a retirar os pratos, dona Olga falou, dirigindo-se ao Marajá:

— Alteza, estou aqui a serviço da Interpol. Antes de começar a investigar, gostaria que esclarecesse uma pequena dúvida.

Barupal traduziu para o híndi e o Marajá acenou com a cabeça, atento.

— O *Ágni ki fúol* é um rubi cobiçado por ladrões do mundo todo. Tirá-lo da segurança do palácio em Jodaipur é sempre um risco. Será que Vossa Alteza, ciente dos perigos que a pedra corria, não trouxe uma réplica?

Arjun Barupal pareceu perturbado.

— Por que está perguntando isso, senhora Olga?

— Preciso ter certeza de que o rubi roubado foi mesmo o *Ágni ki fúol*.

Barupal franziu a sobrancelha com o rosto preocupado e traduziu a pergunta para o Marajá. Na mesma hora, o amigável semblante do soberano se desfez. Seus olhos esbugalharam tanto que Rachid pensou que eles iam pular como duas balas de espingarda, como nos desenhos animados.

O Marajá levantou. Dona Olga se arrependeu de ter feito a pergunta, enquanto uma ideia incômoda tomava conta de André…

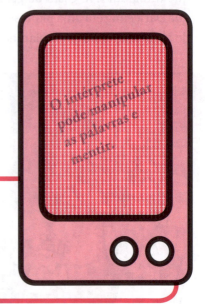

SERÁ QUE VOCÊ SABE?

No que André está pensando?

Você é melhor em raciocínio ou telepatia? Se deu certo, ponto para você!

O CHILIQUE DO MARAJÁ

Naquela sala, só Arjun Barupal dominava o português e o híndi.

Tomado pela fúria, o Marajá gritava para Arjun Barupal em híndi, e apontava para dona Olga:

— Como ela ousa me fazer uma pergunta dessas? É claro que o rubi era verdadeiro!

— Acalme-se, Alteza — pedia Barupal. — Essa senhora é da Interpol. Precisa saber todos os fatos.

— E eu seria idiota de acionar a Interpol se o rubi fosse uma réplica? — O Marajá elevou ainda mais o tom de voz. — Isso é um atentado à minha inteligência!

Os quatro acompanhavam a ira do Marajá atônitos. Mesmo sem entender nada do que ele dizia, percebiam que não era boa coisa.

— Eu jamais colocaria no turbante real um rubi que não fosse o *Ágni ki fúol* — continuou Rajesh Mishra II, andando desorientado pela sala, num autêntico chilique. A moça de sári lilás que carregava a cesta com pétalas de rosa começou a jogá-las por todo o chão, baratinada, tentando adivinhar para onde o Marajá caminharia.

— Tenha calma, Alteza — Barupal tentava permanecer tranquilo.

— Eu quero que o fogo das divindades hindus me queime vivo se eu estiver mentindo!

Intrigado, Rachid perguntou a Barupal:

— Ei, o que ele está dizendo?

Barupal virou-se para a janela e abriu os braços:

— Sua Alteza está dizendo que o céu de Brasília é soberbo!

Todos se entreolharam, perplexos, enquanto o Marajá continuava a zanzar pela sala, que já estava coberta de pétalas de rosa.

— Que eu nasça mil vezes como uma barata e que as águas eternas do Oceano Índico engolfem todo o Rajastão se uma única palavra minha for mentira!

— E agora, o que ele falou? — perguntou Júlia para Barupal.

— Sua Alteza está achando este encontro muito agradável e relaxante.

— Mas o que o senhor está dizendo não está combinando com a maneira como o Marajá está falando. — André olhava fixamente para o homem, que agora puxava a barba com tanta força que com certeza a arrancaria dali a pouco.

— Não, não, não! — Barupal sentou-se e fez um gesto despreocupado com a cabeça. — A família real de Jodaipur é assim mesmo, temperamental. É uma antiga tradição.

E o Marajá continuava gritando, agora pulando no mesmo lugar:

— Que chova um milhão de espadas sobre o meu pescoço e que elas o rasguem em mil pedaços se o rubi que eu trouxe era uma réplica, e que a ira suprema...

— Alteza, com todo o respeito, não é necessário um milhão de espadas para rasgar o seu pescoço — interrompeu Barupal, já perdendo a paciência. — Uma já é suficiente. E, afinal: Vossa Alteza quer que a pedra seja encontrada ou não?

O Marajá parou e olhou para o chão, forrado de pétalas de rosas. Em seguida, mirou os quatro convidados que o observavam paralisados e percebeu que estava fazendo um papel ridículo. Com a ajuda de Barupal, ele voltou a se sentar.

— Senhora Olga, Sua Alteza garante que o rubi roubado não era uma réplica — informou Barupal, como se nada tivesse acontecido. — Pode continuar as perguntas.

Dona Olga tomou a palavra, ainda receosa com a cara amarrada do Marajá:

— Tem mais uma coisa que eu preciso esclarecer. Vocês chegaram ontem de manhã ao Brasil, não foi?

Barupal concordou.

— O rubi pode ter sido roubado quando vocês ainda estavam em Jodaipur, ou durante a viagem. Por que vocês têm certeza de que o ladrão agiu aqui em Brasília?

— Desde que saiu de Jodaipur, o rubi estava guardado num cofre portátil que tem trinta combinações de segredos, oito trancas e quatro alarmes. E o Marajá ficou junto dele todo o tempo.

— O que significa que o rubi só foi retirado do cofre ontem, antes do jantar no Itamaraty — deduziu dona Olga.

— Sim.

— Que horas mais ou menos? — indagou Rachid.

— No fim da tarde — respondeu Barupal. — Cinco horas da tarde.

— O senhor estava na suíte nesse horário? — perguntou dona Olga.

— Não. Eu estava no Itamaraty, ajudando na organização da cerimônia.

— Quem estava aqui? — interpelou André.

— O Marajá, a Marani, o príncipe Gulab, a princesa Saran e alguns criados.

— E ninguém percebeu nada de estranho? — perguntou dona Olga.

— Conversei com todos e ninguém viu nada. Nenhum funcionário do hotel entrou aqui.

— Está mais do que óbvio que o rubi foi roubado aqui, ontem, ao anoitecer — raciocinou dona Olga. — Uma das pessoas que estavam nesta suíte mentiu.

Os quatro perceberam que a expressão amigável de Arjun Barupal havia sumido. O secretário cruzou as mãos sobre a mesa e mordeu os lábios, tenso e pálido, antes de continuar:

— O Marajá tem um suspeito.

Todos olharam para o Marajá, que permanecia calado e impassível. Seu olhar estava distante.

— Quem é? — Júlia já estava se torcendo toda de curiosidade.

— O príncipe Gulab — respondeu Barupal, depois de um suspiro. — Gulab é o irmão mais velho do Marajá e o escolhido para ser o *yuvraj*, ou melhor, o herdeiro do trono. Mas Gulab nunca teve vocação política.

É um amante das artes. Ao completar trinta anos, renunciou ao trono. Quando o pai deles morreu, Rajesh Mishra foi coroado e tornou-se o chefe do reino, o Marajá, o "grande rei". É possível que, ao ver o irmão no trono que seria seu, Gulab tenha se arrependido de sua decisão e agora, passadas mais de três décadas, tenha resolvido se vingar. Os dois irmãos não se dão muito bem.

Júlia, André e Rachid tornaram a observar o Marajá. Repararam que, além de distantes, seu olhos estavam mareados. Ele parecia muito angustiado e desanimado.

Depois de pensar um pouco, dona Olga disse:

— Senhor Barupal, não acredito que o príncipe Gulab tenha demorado trinta anos para roubar uma joia que ficava guardada no mesmo palácio onde ele mora!

— A senhora não conhece o Firozí Mahal. É uma fortaleza, e o *Ágni ki fúol* fica nos subterrâneos do palácio, com o tesouro do Marajá, num cofre fortemente vigiado. É impossível chegar até ele sem que ninguém perceba. Gulab não seria tolo de tentar tirar o rubi de lá.

— Mas se vingar de que se, como o senhor mesmo falou, foi o próprio Gulab que não quis assumir o trono? — perguntou Júlia.

— Eu falei também que ele pode ter se arrependido.

— Só que o senhor não tem certeza disso. — Rachid estava se sentindo como um advogado num tribunal. — O senhor acha que isso pode ter acontecido, mas não tem nenhuma prova. Ou tem?

Barupal balançou a cabeça negativamente.

— Não. E não sou eu quem desconfia do príncipe Gulab, e sim o Marajá. Estou apenas contando o que ele me disse. E o que me disse com tristeza, podem acreditar.

André continuava achando que Barupal bem poderia estar inventando aquela história. Talvez o próprio Barupal tivesse roubado o rubi e agora tentasse incriminar o príncipe Gulab.

— E o senhor, desconfia de alguém, senhor Barupal? — André foi incisivo.

— Não, jovem. Sou um humilde servo de Jodaipur. A minha opinião nada vale. O que eu penso ou deixo de pensar não tem importância.

Dona Olga espiou o relógio. Quase três da tarde.

— O senhor, ou o Marajá, tem mais alguma coisa de importante a nos dizer, senhor Barupal? Alguma coisa que possa ajudar na investigação?

Barupal inclinou-se para falar com o Marajá. Este, até então distante, reagiu como se estivesse despertando de um transe. Eles trocaram palavras rápidas por alguns minutos.

— Por enquanto, não — respondeu Barupal, finalmente. — Mas Sua Alteza quer convidá-los para assistir à apresentação da Companhia de Dança de Jodaipur, dirigida pelo príncipe Gulab, no Teatro Nacional. Toda a comitiva de Jodaipur estará presente. Isso talvez ajude na investigação.

Júlia achou o máximo. Apesar de estar concentrada no roubo do rubi, começou a vasculhar sua mala mentalmente. Tinha certeza de que trouxera uma roupa especial de emergência... Arjun Barupal se levantou e apanhou quatro convites em uma das gavetas.

— O espetáculo começa às nove da noite — informou, entregando os convites a dona Olga.

A turma se despediu do Marajá e de Barupal com o mesmo gesto usado pelos indianos para saudá-los. Rajesh Mishra II disse em voz alta, com os braços abertos:

— *Phir milenge! Apka din accha bite!*

— O que foi que ele falou? — perguntou Rachid.

— Sua Alteza espera rever vocês mais tarde, e deseja um ótimo dia — respondeu Barupal, enquanto os conduzia até a porta.

O elevador mal tinha fechado e Júlia não se conteve:

— E aí, vovó? O que você achou do encontro?

— Aqui não é um lugar seguro para falar sobre isso — dona Olga respondeu, olhando disfarçadamente para as paredes e para o teto do elevador. — Pode haver câmeras ou microfones ocultos. Conversaremos quando sairmos do hotel.

Ao cruzar a recepção, avistaram novamente Orestes Buriti. O joalheiro estava do lado de fora da loja, conversando com uma mulher alta e corpulenta que devia ter por volta de 45 anos, muito bem vestida, e que a turma teve a impressão de já conhecer de algum lugar.

Parado ao lado dela, estava um rapaz magro e pálido, com um turbante parecido com o de Barupal, mas muito mal colocado. Não era difícil perceber que o menino tinha pouca intimidade com a peça. Parecia que estava com uma melancia na cabeça, de tanto desconforto.

Rachid sussurrou para os amigos:

— Aquilo ali está mais para toalha de banho do que para turbante. Está na cara que ele não saca nada de Índia, nunca deve ter comido nem coalhada!

A conversa entre Orestes Buriti e a mulher parecia ter esquentado. Mesmo assim, Buriti estava mais calmo do que na rápida discussão que tivera com sua assistente. Dona Olga fez um sinal para a turma e eles voltaram até a recepção. Como quem não quer nada, dona Olga perguntou ao funcionário de sorriso-carimbo que os atendera antes:

— Por favor... aquele homem ali... é o joalheiro Orestes Buriti?

— Ele mesmo, senhora.

— Ah, mas é claro! Ao vivo é bem mais bonito do que nas fotos das

colunas sociais. — Dona Olga ensaiou uma risada falsa e estridente. — E você sabe quem é aquela mulher elegante que está conversando com ele? Estou suspeitando de que somos conhecidas...

— É a deputada federal Laura Canelas.

— Lógico, lógico, a Laurinha! Ah, minha primazinha querida! É isso que dá morarmos em cidades diferentes... Não nos vemos há mais de vinte anos! Que alegria!

O recepcionista olhou desconfiado para dona Olga, tanto que nem foi capaz de esboçar seu sorriso de coringa.

— Com sua licença, senhora... — disse cerimoniosamente, retirando-se da recepção.

Dona Olga aproveitou para sair de fininho e puxar os garotos para trás de uma pilastra que ficava no meio do saguão, entre a recepção e a loja. Agora eles podiam observar melhor Buriti e a deputada. Era evidente que se tratava de um assunto sério. E quem era aquele menino de turbante parado ao lado deles?...

Dona Olga e os meninos estavam tão concentrados que não perceberam alguém os observando de dentro da joalheria.

UM ASSESSOR TRESLOUCADO

Assim que dona Olga entrou no carro, que os aguardava na esquina do hotel, pediu ao motorista:

— Para o Congresso Nacional, por favor. Rápido.

O carro deslizou pela autopista do Eixo Monumental e desceu até o final da Esplanada dos Ministérios. Passou pelo Itamaraty e parou em frente ao Congresso. O silêncio pairou durante todo o percurso. Rachid foi o primeiro a falar, quando o carro já estacionava:

— Para mim esse crime já está resolvido. A culpada é a deputada.

— Falou, Sherlock — Júlia deu uma piscadinha para André. — Quer explicar sua teoria mirabolante?

Rachid franziu a testa e começou a expor sua teoria pausadamente.

— É simples: a deputada estava conversando com o Buriti. Um guarda-costas magrelo de turbante, com cara de psicopata estava junto deles. O Buriti tem uma linha de joias baseada no hinduísmo. O rubi só pode estar escondido dentro do turbante do psicopata, e é por isso que ele estava mal colocado daquele jeito.

— Aham, sei... — Júlia esnobou Rachid — E Chapeuzinho Vermelho está, neste momento, levando maçãs para a vovozinha no Palácio Itamaraty...

— Rachid, não dá para incriminar uma pessoa desse jeito. Por isso quis vir até o Congresso. Acho que encontraremos boas pistas.

Os quatro caminharam até a rampa do Congresso, que, na verdade, se ramificava em duas. Uma, inclinada, levava à parte superior do Palácio e

> Procure a seta rosa no mapa da página 116 e veja o trajeto que dona Olga e a turma fizeram do Setor Hoteleiro Norte (SHN) até o Congresso Nacional.

a outra, plana, conduzia ao Salão Negro, a entrada solene do Congresso. O Salão tem esse nome por causa do piso, todo em granito negro, que contrasta com o mármore branco das paredes. Eles entraram no Salão Negro, que, naquela semana, exibia uma mostra sobre Jodaipur. Dona Olga havia lido a respeito da exposição no dia anterior, mas não tinha lhe dado maior importância. Só agora se dava conta de que a presença da deputada no hotel do Marajá e o fato de a exposição ter sido montada no Congresso poderiam dar pistas quentes para a solução do caso.

Dona Olga, Júlia, André e Rachid caminharam em meio às fotografias coloridas de Jodaipur (Júlia não conseguia deixar de suspirar ao ver as texturas e os tecidos tão coloridos e vivos dos sáris) e seguiram até um balcão de madeira, na extrema direita do enorme recinto, onde havia uma atendente. Ela era bem jovem e sua pele clara contrastava com seus cabelos cacheados escuros. A moça os recebeu com simpatia.

— Posso ajudá-los?

A voz doce, o sorriso e o olhar da menina eram cativantes. André e Rachid não conseguiram nem disfarçar: se amarraram na hora. A primeira coisa que Júlia notou foi que a moça havia exagerado na maquiagem. *Blush* combinando com o batom rosa e sombra prateada? Nem morta!

— Essa exposição é sobre Jodaipur, não é? — perguntou André.

Dona Olga notou que ele estava se debruçando mais do que o necessário sobre o balcão.

— Sim! — respondeu a moça, entusiasmada. — Foi inaugurada ontem, quando o Marajá de Jodaipur chegou a Brasília, e ficará aberta até a semana que vem.

— Há alguém aqui responsável por ela que possa nos orientar? — perguntou dona Olga.

— Claro, senhora. O senhor Amílcar pode ajudar. Ele está aqui ao lado, no Salão Nobre da Câmara, onde está acontecendo a festa de abertura da exposição. — Ela acenou. — Venham comigo, por favor.

O Salão Nobre era espaçoso e iluminado. Algumas pessoas conversavam em rodinhas, bebericando e comendo aperitivos. A recepcionista se dirigiu a um senhor barrigudo, de bigode farto e grossos óculos de grau ("modelo Vuarnet 1990, aros azuis e metálicos, ultrapassado", decodificou Júlia). Com o calor, seus óculos estavam gordurentos e embaçados e a compostura do terno e gravata já tinha ido às favas: a gravata estava frouxa e a camisa branca, ensopada de suor na barriga, meio para fora da calça ("E essa fralda, então? Deplorável"). Júlia já estava com pena do cidadão.

— Senhor Amílcar, por favor. O senhor poderia ajudar este grupo? São visitantes da exposição.

O homem deixou sua taça sobre a mesa, tirou os óculos ensebados e olhou demoradamente para eles. André sacou algo estranho na hora. O homem não parecia nada simpático.

— Pois não?

— Olá, senhor Amílcar. Somos estudantes do Rio de Janeiro e gostaríamos de saber mais sobre a exposição. — Rachid estendeu a mão educadamente, mas ficou com ela no ar. Amílcar não percebeu, ou não quis cumprimentar o garoto.

— Sobre a exposição...? Sinto muito, mas não posso ajudá-los. — O rosto de Amílcar fechou na hora.

Júlia contraiu os lábios. Era só o que faltava: depois de um joalheiro metido a besta e de um Marajá chiliquento, agora tinham que aturar um funcionário esnobe do Congresso.

— Desculpe. Mas a atendente nos disse que o senhor era o responsável pela...

— Perdão, senhorita. A atendente deve ter se enganado. Eu sou o responsável, sim, mas não pela exposição. Sou o responsável por grande parte da organização deste Congresso, está me ouvindo? Por que vocês não procuram a grande, a soberba, a maravilhosa deputada, a doutora Laura Canelas? Ela poderá falar mais sobre a exposição. Até sobre o Marajá, inclusive.

"Já sei! Esse cara não deve mandar em nada, olha só o estado da roupa dele, mais desleixado impossível. Ele está é ressentido com a deputada e quer se vingar dela, detonando a exposição que ela montou", Júlia media Amílcar e raciocinava rápido.

— Senhor Amílcar, mas é claro! Como é que a gente poderia pensar isso! Mil desculpas. Coisa de carioca deslocado, não é? — Dona Olga olhava Júlia com a boca entreaberta, mas deixou que a neta continuasse. — Na certa o senhor é mais importante que um mero curador. Aliás... o senhor, que é tããããão importante, certamente deve saber qual o interesse da deputada em Jodaipur, não é? — Júlia deu uma piscadinha para Amílcar, que a olhava entre surpreso e fascinado.

"O que esta louca acha que está fazendo? Pensa que o mundo funciona do mesmo jeito que os eventos *fashion* que ela frequenta? Que todos ficam amigos instantaneamente?", se perguntou Rachid. Mas parece que a tal tática de aproximação de Júlia deu certo. Amílcar pareceu mais relaxado:

— É, bom, você sabe, menina, que nós, pessoas ocupadíssimas, não temos tempo para saber da vida dos outros... Mas isso aqui no Congresso é público e notório.

Júlia fez uma cara interessadíssima e se aproximou mais de Amílcar.

— Hummm...

— Pois foi a deputada Laura que trouxe o Marajá para o Brasil. Ela esteve em Jodaipur, inclusive hospedada no tal palácio Mahal não sei das quantas. Voltou para o Brasil tão apaixonada pela cultura indiana que até se converteu ao hinduísmo e levou toda a família para o mesmo caminho. — Amílcar deu um soquinho no ombro de Júlia, que quase tombou, mas manteve a pose. — Enquanto isso eu aqui, trabalhando para ela, sem glórias e...

— Ainda bem que temos o senhor para organizar tudo, não é?

Júlia era boa mesmo. Amílcar ficou tão à vontade que até deu seu cartão para a menina.

Dona Olga quase não conseguia disfarçar sua surpresa e seu orgulho pela neta. Rachid sacou na hora quem era o menino que tinham visto no hotel.

SERÁ QUE VOCÊ SABE?

Veja a ilustração da página 43. Pensando no que Amílcar contou, você consegue adivinhar quem é o menino de turbante ao lado de Laura Canelas?

Foi gol? Mais um ponto para você!

A FÚRIA DA PRINCESA

A fila de automóveis na frente do Teatro Nacional parecia interminável. As pessoas desembarcavam apressadas, debaixo de um chuvisco fino, daqueles que parecem penetrar na pele. Quando finalmente conseguiram se livrar do trânsito e pisar na passarela de granito diante da entrada, não antes sem um xingamento de André, que tinha enfiado o pé numa poça de água, e do desespero de Júlia, porque a chuva tinha estragado a chapinha ("Cadê aquela sua galocha, hein, Júlia?", provocou Rachid), os três ficaram embasbacados, olhando para todos os lados.

— Lindo, não é? O teatro foi projetado por Oscar Niemeyer e inaugurado em 1981 — explicou dona Olga.

— Lindo e louco! É uma pirâmide sem a ponta! Como é que o cara fez isso? — exclamou André.

Dona Olga riu.

— É bem por aí, André. É incrível perceber esse poder da arquitetura de encantar, paralisar, e ao mesmo tempo acolher, não é?

— Só... — André sentiu, mais do que entendeu, as palavras da avó. De qualquer forma, o Teatro Nacional era uma obra de arte.

Júlia, André e Rachid ficaram mais alguns segundos observando o teatro e correram atrás de dona Olga, que já estava longe. Entraram no *foyer* que dava acesso à Sala Villa-Lobos, onde a Companhia de Dança de Jodaipur se apresentaria naquela noite. Todos estavam esperando as portas da sala se abrirem.

Os garotos observavam curiosos. Amplo e decorado por esculturas, o local era repleto de plantas dos mais variados tipos, que recebiam luz natural através da fachada envidraçada da sala.

> **Procure pelo número 4 no mapa da página 116 e veja onde fica o Teatro Nacional.**

Quando as portas da sala de espetáculos se abriram, Rachid olhou para trás e descobriu um rosto conhecido no meio da multidão.

— Aquela ali não é a deputada Laura Canelas?

Dona Olga, Júlia e André viraram na mesma hora. Avistaram Laura Canelas quase escondida por uma enorme escultura de bronze, com o celular no ouvido. Estava sozinha e, pelo modo como gesticulava e falava, parecia agitada.

— Com quem será que ela está conversando? — Rachid estava curiosíssimo. — Será que é com o joalheiro Buriti?

— De olho nela — dona Olga sussurrou, entregando os convites ao recepcionista.

Os quatro foram por uma rampa em forma de "U" fechado até chegar ao patamar superior.

— Vamos ficar no setor 4. Fila B, poltronas 15, 16, 17 e 18 — disse dona Olga. — Deixe-me ver como fazemos para...

Júlia esganiçou, interrompendo a avó:

— Como assim? Plateia? Pensei que os convites fossem para o camarote, que droga, quem vai ver o meu vestido aqui?

— Só se fossem para o camarote presidencial, meu bem — respondeu dona Olga, apertando a bochecha de Júlia, como se ela fosse uma criança birrenta e deixando-a enfezadíssima por causa disso. — É o único camarote que tem aqui. Aí você faria companhia ao Marajá, à Marani, a Arjun Barupal e ao presidente da República...

— Bem, se a madame quiser ir para o camarote, fique à vontade — provocou André. — Mas, pelo amor de Deus, esquece que conhece a gente, tá? Fora que esse vestido de arco-íris rodado até o pé dá pra ser visto até do topo da pirâmide.

— Do Egito! — completou Rachid e ele e André caíram na gargalhada.

O teatro já estava bem cheio, mas não parava de chegar gente. Rachid aproveitou para perguntar ao segurança:

— Por favor, moço, onde é o setor 4?

— Lá embaixo, do lado esquerdo.

Os quatro tomaram seus lugares. Dali tinham uma boa visão do camarote presidencial, que ficava no outro extremo da sala, no alto. Dona Olga viu o Marajá, com seu turbante rosa, a Marani, com uma tiara dourada, uma senhora grisalha e alta, com uma tiara prateada, que devia ser a princesa Saran, mulher do príncipe Gulab, o presidente e a primeira-dama do Brasil, todos na primeira fila. Na fileira de trás, conseguiu enxergar Arjun Barupal, sereno e imponente. Faltava o príncipe Gulab, que devia estar no camarim com os dançarinos da companhia.

— Gente, vocês já deram uma olhada no camarote? — perguntou André. Todos olharam disfarçadamente e, em seguida, fitaram André.

— A deputada Laura Canelas não está lá — ele disse.

— E daí? Tá apaixonado por ela também? — perguntou Júlia, em um típico ataque de ciúmes do irmão.

— Júlia, concentra, para de reparar nas roupas das pessoas e presta atenção! O seu amigo Amílcar não contou que ela organizou a vinda do Marajá ao Brasil? Ela devia estar no camarote!

— Talvez a deputada ainda esteja na antessala — ponderou dona Olga. — Mas já era para ela ter aparecido, de fato.

— No intervalo a gente pode dar uma voltinha por aí e procurar por ela — propôs Júlia.

A sala escureceu um pouco, indicando que o espetáculo ia começar. Quando as luzes se apagaram por completo, as cortinas se abriram e um grupo de bailarinos, homens e mulheres, vestidos com roupas coloridas e chapéus enormes, entrou no palco exibindo uma coreografia perfeita, ao som de uma música que não parecia agradar nem um pouco André. Disfarçadamente, ele puxou o *player* de dentro do paletó e encaixou os fones no ouvido, tomando cuidado para que ninguém — principalmente a avó — percebesse. "Ainda bem que trouxe meu *player*...", pensou, aliviado.

O espetáculo de dança contemporânea tinha influência do *chirmi* e do *bhangra*, duas danças folclóricas do norte da Índia, e chamava *Os cânticos mágicos do Oriente*. O cenário era exuberante e reproduzia paisagens e palácios da Índia. O espetáculo se dividia em dois atos, cada um de quarenta minutos. Quando o primeiro terminou, uma salva de aplausos ressoou pelo teatro.

Assim que as últimas palmas cessaram, as cortinas se fecharam e as luzes se acenderam. Dona Olga se virou para comentar a primeira parte do espetáculo com as crianças, e logo viu que André estava completamente fora de órbita, ligado apenas nas ondas sonoras de seu *player*...

— Me dá isso aqui, seu moleque! — Dona Olga arrancou os fones do ouvido do menino. André deu um pinote de susto e só então percebeu que aquela barulheira tinha dado um tempo.

— Não acredito que você veio com esse troço para cá — ralhou dona Olga. — É o cúmulo da falta de respeito.

— E da falta de noção também — apoiou Júlia, com o nariz empinado. — Você não estava nem aí para o espetáculo, né, seu prego?

— Tava sim — defendeu-se André. — Só quis dar uma variada no som... ué. O ouvido é meu e ouço o que eu quiser.

— O André tem razão — Rachid franziu o rosto. — Não acaba mais..., coisa chata.

André aproveitou o início de mais uma discussão e tratou de guardar rápido o *player* no bolso, antes que dona Olga o apanhasse. Mas ela já não estava mais prestando atenção nele ou na discussão sobre o espetáculo. Olhava, sim, para o camarote presidencial, onde a Marani Bhargavi e a princesa Saran acabavam de levantar. Júlia, André e Rachid perceberam os movimentos de dona Olga e repararam quando a Marani se afastou um pouco, deixando Saran e o Marajá conversando. Os dois pareciam muito nervosos para quem tinha acabado de assistir a um espetáculo de dança tão estonteante. A princesa apontava para o soberano e, pela cara dela, não parecia fazer um elogio... Saran deu o braço à Marani e as duas deixaram o camarote, saindo por uma porta que ficava nos fundos. Pareciam mãe e filha, já que Saran era muito mais velha do que Bhargavi.

Como era de praxe, teve início um rápido coquetel de intervalo nos fundos do teatro, comandado por um time de garçons que servia canapés inspirados na culinária indiana, água mineral, champanhe, *lassi* e, como não poderia faltar, chá.

— Por que não vamos até lá? — perguntou Rachid, já se levantando. — Quem sabe a gente encontra a deputada?

Dona Olga lançou mais um olhar para o camarote. O Marajá, seu conselheiro e o casal presidencial continuavam sentados.

— Ela ainda não apareceu no camarote. Talvez esteja mesmo no coquetel.

— E aí a gente aproveita e come algumas coisinhas... — disse André, afagando a barriga.

Os quatro se dirigiram até a parte superior da Sala Villa-Lobos, onde acontecia o coquetel. O local já estava lotado; todos pareciam ávidos por aproveitar ao máximo os comes e bebes nos curtos vinte minutos de intervalo. Foi quando Saran surgiu de repente, de trás do portal que levava ao lado direito do teatro, digitando algo em um celular. Dona Olga deixou o bolinho de trigo e coalhada que estava prestes a pegar cair no chão. Puxou Júlia pelo braço e sussurrou:

— Onde estará a Marani? As duas saíram juntas do camarote, não saíram?

— Deve ter ido à toalete — disse Júlia. — Quero saber é da deputada. Quando chegamos, ela estava lá fora. Agora não está em lugar nenhum.

— Isso aqui tá muito esquisito — comentou André, logo depois de engolir uma fina fatia de pepino temperada com molho agridoce.

Saran falava agitada ao celular. De perto, dava para ver melhor seu rosto. Era uma mulher de fisionomia severa, altiva, nariz grande e adunco e sobrancelhas em "V", que a faziam parecer ainda mais sisuda. Estava muito nervosa. Na verdade, nervosa era pouco: ela estava furiosa.

Os garotos repararam quando ela desligou o celular com violência e o atirou na bolsa. Cochichou algo com um homem de terno ao seu lado, que fez um gesto em direção ao palco. Saran se dirigiu para lá rapidamente e desceu, com passos firmes e pesados, a escada rente à plateia.

— Vamos atrás dela, André — Rachid cutucou o amigo. — Aconteceu alguma coisa.

— Por que eu? — protestou o menino, com a boca cheia. Ele já estava lá pelo décimo canapé e bebericava um copo de *lassi*. Descobrir o criminoso era mais importante do que descobrir onde estava o garçom?

— Por que não você?

— Vai, André — ordenou dona Olga. — Vejam se descobrem para onde a princesa está indo e por que ela ficou tão nervosa.

Saran já estava nos últimos degraus, quando André e Rachid começaram a descer a escada. Viram quando a princesa virou à direita no acesso aos camarins, que ficavam no nível do palco. O local estava apinhado de gente, a maioria bailarinos e demais integrantes da companhia de dança. Rachid e André apressaram o passo, a tempo de ver Saran abrir espaço entre as pessoas e se dirigir a um senhor magro e de bigode branco. Ele usava um turbante azul-claro e tinha uma expressão calma e bondosa.

— Só pode ser o príncipe Gulab — comentou Rachid, baixinho.

— Não sei, não... Acho que os canapés estavam melhores que isso aqui. Que barulheira... esse pessoal não conversa, grita! — resmungou André.

— Para de reclamar, André... Olha, olha! — Rachid apontou para a princesa Saran.

Ela discutia em alto e bom som com o marido, falando e gesticulando sem parar. Sereno, Gulab, que estava de frente para os meninos, agia com naturalidade. Limitava-se a mexer a cabeça em sinal de afirmação, deixando Rachid e André confusos. Não conseguiam saber se Gulab não estava dando a mínima para a princesa ou apenas tentando acalmá-la.

Quando Saran terminou a ladainha, Gulab levantou os ombros e respondeu alguma coisa breve. Ela pareceu ainda mais revoltada e deu as costas ao marido sem se despedir. André e Rachid só tiveram tempo de se encolher em um canto quando a princesa furiosa passou por eles ventando e saiu do camarim, subindo de volta a mesma escada por onde havia acabado de descer. Eles a seguiram e viram que Saran, ao invés de se misturar às pessoas no coquetel, entrou à esquerda, numa espécie de *hall* integrado à Sala Villa-Lobos. Dali tinha-se acesso, por um lado, a um elevador e a uma escada interna e, por outro, ao camarote presidencial. Saran seguiu pelo corredor que levava ao camarote. Havia um guarda bem na porta e os meninos perceberam que não conseguiriam passar dali. O jeito foi falar com o guarda.

— Oi! — André tentou ser simpático e educado. — Desculpe, é a primeira vez que a gente vem nesse teatro. O senhor pode esclarecer uma dúvida?

O guarda mostrou-se muito solícito.

— Claro, meninos. O que desejam?

— Esse é o acesso ao camarote presidencial? — perguntou Rachid.

— É, sim.

— Ele leva a algum outro lugar?

— Leva. A um acesso exclusivo, que fica na lateral do teatro, voltado para a Esplanada dos Ministérios. É por lá que as autoridades vão para o camarote.

André deu uma rápida olhada no corredor. Viu Saran sumir por uma passagem que se abria lá no fundo, à direita.

— A entrada para o camarote do presidente fica à esquerda e essa tal saída, à direita? — perguntou ao guarda.

— Isso mesmo.

Os dois sorriram.

— Obrigado, moço — agradeceu Rachid. — O teatro é um lugar muito legal. Cheio de entradas secretas...

O guarda riu.

André e Rachid se afastaram devagar e, quando cruzaram o portal que separava o *hall* da sala de espetáculos, saíram em disparada. Atravessaram o local do coquetel e subiram a rampa em "U" que levava ao *foyer*. Não viram dona Olga nem Júlia. Elas já deviam ter voltado para as poltronas, o intervalo estava quase no fim.

VOCÊ SABIA?
O nome completo do Teatro Nacional de Brasília é Teatro Nacional Cláudio Santoro, uma homenagem ao maestro e compositor Cláudio Santoro, que faleceu lá dentro, em 1989, enquanto regia o ensaio de um concerto. Corre a lenda de que seu fantasma vaga pelas dependências do teatro, sobretudo à noite. Algumas pessoas que trabalham ali juram já tê-lo visto...

— Reza pra gente conseguir um táxi lá fora — Rachid apanhou um maço de notas no bolso da calça. — Tchauzinho, mesada — falou, enquanto contava o dinheiro. — Para onde será que a princesa tá indo? Só pode ter a ver com o roubo do rubi.

— Já tô rezando — respondeu André, ofegante com a corrida, e ainda um pouco atrasado na conversa. — Mas será que não é bom a gente avisar à vovó?

— Não dá tempo — Rachid estava correndo tão rápido que quase tropeçou nos próprios pés. — Mas ela vai entender.

Eles chegaram ao topo da rampa e atravessaram o *foyer*, que estava quase vazio. Quando chegaram na saída do teatro, deram de cara com uma fileira de táxis, aguardando possíveis passageiros.

Os dois garotos tomaram o primeiro da fila e foi André quem disse ao taxista:

— Pode parecer estranho, mas a gente precisa seguir um carro que tá saindo do estacionamento do teatro. E tem que ser rápido, porque ele já deve estar quase na rua. Se é que já não saiu.

O motorista deu a partida, sem fazer perguntas (especialmente depois que Rachid mostrou que tinha dinheiro). Contornou o teatro cantando os pneus e acelerou para pegar a saída. Estava tudo deserto, escuro e úmido — parecia que a chuva tinha parado há pouco. Rachid e André estavam quase desanimando quando avistaram algo.

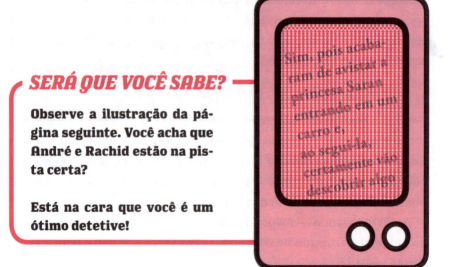

SERÁ QUE VOCÊ SABE?

Observe a ilustração da página seguinte. Você acha que André e Rachid estão na pista certa?

Está na cara que você é um ótimo detetive!

Sim, pois acabaram de avistar a princesa Sarah entrando em um carro e, ao segui-la, certamente vão descobrir algo.

58

INVESTIGAÇÃO PELA NOITE

Os adultos quase nunca acham que um garoto recém-saído da infância possa oferecer algum perigo, por mais atrevido ou esperto que ele pareça. Essa é uma das vantagens da pré-adolescência.

Talvez por isso o taxista não tenha desconfiado que André e Rachid estavam nada mais, nada menos, que na cola da realeza de Jodaipur. É bem provável que tenha achado que os dois estavam apenas brincando de bancar o espião!

A limusine da princesa Saran riscava a noite de Brasília calmamente. O motorista não parecia suspeitar que estava sendo seguido. O taxista, esperto, guardava distância estratégica.

O trânsito fluía bem. Rachid e André viam a Esplanada dos Ministérios ficando para trás. De olho na limusine, perceberam que o motorista não estava se dirigindo para o hotel da família real. Havia tomado outro caminho e, naquele momento, trafegava sem pressa pelo Eixo Rodoviário, cortando as superquadras da Asa Norte.

O táxi seguia a limusine sem dificuldade. Passaram pelos chamados Setores Comerciais Locais, um conjunto de ruas com lojas e restaurantes localizadas entre as superquadras do Plano Piloto. Mais adiante, a limusine virou à direita numa via secundária, contornou uma rotatória e entrou numa ruela arborizada que conduzia a vários prédios, detendo-se em frente a um deles. O táxi estacionou silenciosamente, um pouco atrás, sob a copa de uma árvore. Rachid pagou a corrida — bem mais cara que o previsto — e os dois desceram devagar, tentando se esconder nos lugares mais escuros, bem a tempo de ver a princesa sair sozinha da limusine e entrar no edifício. Os garotos andaram mais um pouco e avistaram uma placa. Estavam na Quadra 304 Norte.

> Procure pelo número 5 no mapa na página 116 e veja a localização do prédio para onde a princesa Saran foi, na Asa Norte.

André examinou a fachada do prédio.

— Quem será que mora aí? — O menino coçou o queixo, intrigado.

— Alguém importante. A princesa não ia vir até aqui à toa a uma hora dessas. Vamos tentar descobrir — sugeriu Rachid.

Para que o motorista da limusine, que continuava esperando a princesa, não suspeitasse de nada, André e Rachid acharam melhor tentar a segunda portaria do prédio, e deram a volta no edifício.

— Vou falar com o porteiro — disse Rachid, apontando para a cabine de vidro blindado. — Melhor ir só um, ele pode ficar desconfiado.

— Beleza — concordou André. — Enquanto isso, eu fico aqui vigiando.

Rachid foi até a cabine e, ao se dirigir ao porteiro, inventou a primeira história que lhe veio à cabeça:

— Boa noite. Eu vim no carro com a princesa Saran de Jodaipur. Sabe se ela conseguiu subir?

O porteiro ficou meio atrapalhado. Olhou para o menino de *kefié* e não entendeu nada. Talvez ele não soubesse muita coisa sobre a Índia e pensou que o *kefié* de Rachid fosse uma roupa tão indiana quanto o sári da princesa.

— Claro que sim. Por quê?

Rachid percebeu que estava sendo convincente.

— Ah, que bom... ela estava com medo de... de... de que o doutor Ubirajara Jatobá não estivesse em casa.

— Ubirajara Jatobá? Mas aqui não mora ninguém com esse nome, menino!

— Como não mora? — Rachid fingiu estar surpreso. — Sua Alteza subiu para falar com ele.

— A princesa foi para o 406. O apartamento da deputada Laura Canelas.

"Bingo! Então é a deputada que mora aqui!", pensou Rachid, animado.

— Eu sei disso, moço. "Ubirajara Jatobá" é o codinome que a deputada usa quando precisa participar de uma reunião política secreta — Rachid abriu um sorriso gaiato. — Pensei que o senhor soubesse.

O porteiro pareceu acanhado:

— Não... eu... Bem, er... de fato eu não...

— Tudo bem — disse Rachid. — Só queria saber se a princesa tinha conseguido subir. Vou voltar para o carro e avisar aos seguranças. Obrigado, moço. Boa noite!

Rachid se afastou da portaria e encontrou André escondido atrás de um arbusto do outro lado da rua.

— E aí, descobriu?

— Descobri. Adivinha onde a princesa está? No apartamento da deputada Canelas.

— Sério? Caramba! Vamos dar o fora, Rachid, rápido, antes que alguém desconfie da gente! No caminho você me conta tudo!

Nenhum dos dois notou que havia um carro parado praticamente no mesmo local onde o táxi os deixara poucos instantes atrás. Lá dentro, olhos atentos seguiam os movimentos deles e, pela respiração tensa, não estavam gostando nem um pouco daquela intromissão.

O segundo ato do espetáculo já se aproximava do fim. Indiferente às piruetas, saltos e acrobacias dos dançarinos, que pareciam cada vez mais soltos e ousados no palco, dona Olga olhou novamente para as duas poltronas vazias ao seu lado e deu um suspiro de preocupação.

— Onde se meteram esses dois? Não se deram nem ao trabalho de me ligar. — Dona Olga estava aflita, olhando o celular, que tinha ficado ligado o tempo todo no silencioso.

Mas não era só a ausência dos meninos que intrigava dona Olga. Havia ainda alguma coisa esquisita acontecendo no camarote presidencial. Nem a Marani Bhargavi, nem a princesa Saran, nem Arjun Barupal estavam lá. Ela havia visto Bhargavi e Saran saírem juntas e, depois, Saran tinha descido furiosa até os camarins, subido novamente e desaparecido de vez. André e Rachid foram atrás dela, mas não importava o que a princesa tivesse feito nos camarins, esses dois já deviam ter dado as caras. E a Marani, onde estaria?

— Júlia, estou começando a ficar preocupada — dona Olga cochichou à neta. — Saran e a Marani sumiram.

— E daí? Esse espetáculo está um porre, mesmo. Se bobear, as duas já se mandaram pro hotel!

Algumas pessoas à volta começaram a chiar para que as duas fechassem a matraca. Dona Olga então se levantou.

— Já que o espetáculo está um porre, você não vai se incomodar em me acompanhar, não é? — E puxou a neta pelo braço.

— Pra onde a gente tá indo? — perguntou a menina, enquanto as duas subiam os degraus em meio às poltronas da plateia.

— Em primeiro lugar, procurar seu irmão e Rachid. Eles devem ter descoberto alguma coisa importante para sumirem assim. Além do mais...

Dona Olga ficou em silêncio, enquanto completava os últimos degraus. Júlia esticou os olhos para ela e esperou pela conclusão da frase:

— Além do mais o quê?

— Além do mais, a Marani, por menos que estivesse gostando da apresentação, não deixaria o camarote. É uma gafe monumental.

No *hall* contíguo, onde ficavam o elevador e o acesso ao camarote, as duas notaram uma movimentação anormal. No mesmo instante Arjun Barupal saiu do elevador, escoltado por um rapaz e uma senhora, dois funcionários do teatro.

Dona Olga e Júlia correram na direção dele:

— Olá, senhor Barupal. — Dona Olga não escondeu sua apreensão. — O que está acontecendo?

Barupal estava sério e tentava se controlar debaixo do turbante azul, da barba branca e dos óculos de armação grossa.

— Coisa feia, senhora Olga. Estive agora com algumas pessoas que trabalham aqui no teatro. Elas confirmaram.

— Confirmaram o quê? — perguntou Júlia, que também começava a ficar aflita.

— Que Sua Alteza, a Marani Bhargavi, foi sequestrada.

SERÁ QUE VOCÊ SABE?

Você já viu uma apresentação de dança com tanta adrenalina? Quem você acha que pode estar diretamente ligado ao sequestro da Marani?

Pense bastante para responder... Se já decifrou parte do mistério, pode marcar um ponto na sua Ficha de Detetive!

O PÁSSARO MISTERIOSO

André e Rachid deixaram a 304 Norte a pé. Passaram pelas lojas já fechadas do Setor Comercial Local e chegaram ao Eixinho. Viraram à esquerda e andaram até um ponto de ônibus, já que Rachid tinha ficado quase liso ao pagar o taxista. Os dois tinham achado melhor não voltar ao teatro e, assim que chegassem ao apartamento, ligariam para o celular de dona Olga.

Esperaram quase dez minutos até o primeiro ônibus aparecer. André fez sinal. Quando a porta se abriu, ele perguntou:

— Esse ônibus passa na Asa Sul?

— Que lugar da Asa Sul?

— Na quadra 205, perto do Eixinho.

— Passa. Só que vou pelo Eixinho de cima e a 205 é no Eixinho de baixo, do lado de lá. — O motorista gesticulou com a mão. — Posso deixar vocês num ponto na 105, e aí vocês vão ter que atravessar uma passarela subterrânea que vai dar direto na 205.

Os dois subiram, pagaram a passagem e sentaram num banco nos fundos. Tinha pouca gente no ônibus, que arrancou a toda. Cruzaram o viaduto que cortava o Eixo Monumental e Rachid e André viram, à esquerda, o edifício em forma de "H" do Congresso reluzir em contraste com o céu noturno. Não demorou muito e o motorista gritou lá da frente:

— Meninos, o próximo ponto já é na 105. Vocês vão descer nele.

— E a passarela? — perguntou André.

— É só andar um pouco e vocês encontram, logo lá na frente.

André e Rachid saltaram do ônibus e caminharam pela calçada deserta e sombria da quadra. De repente, começou a ventar tão forte que as árvores balançavam como se fossem ser arrancadas.

— Isso aqui está meio sinistro — murmurou Rachid, tentando esconder o medo. — Você não está achando? — perguntou ao amigo.

André apenas deu de ombros, embora também estivesse tenso. Alguns passos depois avistaram a tal passarela subterrânea. Desceram pela escadinha e logo viram que o local não era lá muito simpático.

— Espero que a gente não seja assaltado — resmungou André.

Mas a travessia foi tranquila. A passarela não era totalmente coberta; havia trechos a céu aberto, que tiravam a sensação de enclausuramento. André e Rachid cortaram todo o Eixo Rodoviário, por baixo, sem encontrar vivalma no percurso. Ao final, subiram outra escadinha, idêntica à anterior, e suspiraram aliviados ao perceber que já estavam na 205 Sul.

Ventava ainda mais forte e trovoadas começavam a ribombar ao longe, enquanto relâmpagos iluminavam o céu. Rachid e André cruzaram um vão que separava dois prédios. Ao entrar nos jardins da quadra, ouviram o canto de um passáro e repararam nas diversas espécies de árvores que havia ali — ipês-roxos, pequizeiros, espatódeas e paineiras-barrigudas. A vista devia ser bem mais bonita durante o dia, principalmente naquela época, já que as espatódeas ficavam pontilhadas por flores laranja-escuras, os ipês-roxos, por suas flores roxas tão peculiares e as paineiras, por flores cor-de-rosa. Andaram mais um pouco e ouviram novamente o canto do pássaro.

— Que ave será essa? — indagou André, já com as pernas tremendo.
— E se não for uma ave? Se for uma... outra coisa mais sinistra?

— Parece uma coruja — respondeu Rachid.

— Não sabia que tinha coruja em Brasília.

— Eu disse que parece; não que é uma coruja.

— Vovó, se estivesse aqui, saberia dizer. Ela sabe tudo.

O rosto de Rachid se iluminou:

— Tive uma ideia. Você não falou que seu *player* tem microfone?

André fez que sim com a cabeça.

— Então por que não liga o microfone e tenta gravar o canto do pássaro? Mais tarde a gente mostra pra dona Olga e ela vai saber se é coruja ou não.

André sorriu, entusiasmado.

— É pra já! — O garoto apanhou o aparelho no bolso e ligou o microfone. — Esse microfone é o que há, superpotente. Mas será que a coruja, ou seja lá o que for, vai cantar de novo sabendo que está sendo gravada?

— Sabendo que está sendo gravada? — Rachid mirou o amigo com espanto, diminuindo o passo. — Como é que um pássaro vai saber o que é um microfone, André? Pirou?

André pareceu um pouco confuso, mas não disse nada.

Continuaram a caminhada. De repente, um vulto todo vestido de negro e com um capuz enfiado na cabeça pulou na frente dos dois, sabe-se lá saído de onde. Rachid deu um berro. André não teve tempo nem de respirar; com o susto, largou o *player*, que caiu ligado no meio da grama. O vulto tirou uma pistola da cintura e apontou para os dois:

— De joelhos, seus pirralhos! — bradou uma voz de mulher.

Rachid e André deram dois passos para trás.

— Quem é a senhora? — Rachid reagiu com indignação. — O que é que...

— Cala a boca, seu moleque ridículo, com pano de secar pratos na cabeça!

Rachid perdeu a valentia na mesma hora. Sua vontade era de voar ao pescoço daquela mulher desaforada e convencê-la à força de que aquela finíssima peça da indumentária árabe que coroava sua cabeça não era um pano de prato, e atendia pelo nome de *kefié*, mas a vontade sucumbiu ao medo de levar um tiro.

— De joelhos, eu já mandei! — ordenou a mulher, mais veemente. — E com as mãos na cabeça!

Apavorados e sem saber direito o que ela pretendia, os dois se ajoelharam rapidamente. Seria um assalto?

— Olhem para baixo! — continuou a mulher. — Olhinhos grudados na grama!

Mais uma vez, eles obedeceram. Uma trovoada mais forte ressoou e a chuva começou a cair.

— Não quero que abram o bico. O meu recado é curto e vou falar uma vez só.

Rachid e André engoliram em seco, tensos. Não conheciam aquela voz. A chuva caía cada vez mais forte e eles estavam praticamente ensopados.

— Sei muito bem quem são vocês e o que estão fazendo em complô com aquela velha idiota e com aquela garota metida a modelo mirim de quinta. Vocês foram longe demais e está na hora de caírem fora, estão entendendo? É muito simples: fiquem fora disso!

Os meninos permaneceram em silêncio.

A mulher prosseguiu:

— Abandonem essa investigação, saiam de Brasília e esqueçam essa história do rubi se não quiserem ter o mesmo triste destino da Marani Bhargavi.

— O que aconteceu com a Marani? — a pergunta de André saiu num impulso e ele logo se arrependeu de tê-la feito.

A mulher deu uma risadinha sinistra, aguda.

— Se tivessem ficado no teatro, em vez de seguir a princesa Saran, já estariam sabendo. Quem manda meter o bedelho na vida dos outros?

Os meninos ficaram quietos.

— Vocês entenderam? — indagou a mulher. — Ou vou ter que repetir tudo de novo, palavra por palavra?

Rachid assentiu, murmurando:

— Sim...

— E você, gordinho? — A pergunta era para André.

— Também entendi.

— Muito bem! — A mulher guardou a pistola na cintura. — Mas vou logo avisando para não bancarem os espertinhos. Estou de olho em cada passo de vocês.

Silêncio.

Medo.

Dor na coluna.

— Fiquem nessa posição. Se levantarem, levam chumbo.

André e Rachid ficaram ouvindo os passos da mulher correndo na grama, mas continuaram ajoelhados, imóveis, por mais cinco minutos e uns quebrados, para garantir.

Quando, enfim, se levantaram, ouviram o pássaro cantando novamente. A chuva tinha parado. Lembraram-se, então, do *player*, que continuava ligado, jogado na grama.

André apanhou o aparelho do chão e sorriu.

SERÁ QUE VOCÊ SABE?

Por que André ficou contente ao resgatar seu *player*?

Será que o André ficou tão contente quanto você, se acertou? Ponto!

TELEFONEMA À MEIA-NOITE

Dona Olga pegou uma travessa de suspiros e uma jarra de suco de maracujá na cozinha. Enquanto distribuía o suco para as crianças, perguntou, intrigada:

— Uma mulher encapuzada?

Sentados no chão, de pijama e com a boca cheia de suspiros, Rachid e André assentiram.

— Vocês não têm a menor ideia de quem ela possa ser? — Dona Olga começou a andar em círculos pela sala.

— Bem... — André balbuciou, engolindo a maçaroca de suspiros e tomando um gole de suco. — Pela voz, parecia ser mais velha do que a gente.

— Não diga...! — Júlia debochou. — Que conclusão brilhante. Até você dizer isso, eu jurava que ela era da sua idade, André! Ou, quem sabe, tivesse uns quatro, cinco anos!

Rachid e André fizeram uma careta para Júlia, sem achar a menor graça no deboche.

— Júlia, vê se cresce — falou André, mal-humorado.

— É, Júlia, a gente acabou de passar pelo maior apuro, podia ter sido mais sério. Não tem clima para zoação. — Rachid cruzou os braços.

Júlia deu uma risadinha meio sem graça, enquanto dona Olga continuava concentrada, andando em círculos pela sala.

— O que a mulher disse? — finalmente dona Olga falou. — Façam um esforço e procurem se lembrar das palavras exatas que ela empregou.

— Me lembrei de uma coisa! — gritou André, de repente, correndo até o quarto e voltando com o *player* em punho, como um troféu. — A gente gravou, sem querer, a voz dela.

Dona Olga olhou maravilhada para o aparelho.

— Como vocês conseguiram?

André e Rachid contaram, então, sobre o canto do tal pássaro que eles tinham achado que era uma coruja. André mostrou à avó como se mexia no *player* e logo os quatro estavam ouvindo a voz da mulher. O microfone era potente: mesmo com toda aquela chuvarada, dava para entender direitinho o que ela falava.

Depois de um tempo, dona Olga fez uma pausa na reprodução. Nunca ouvira aquela voz.

— Vocês disseram que seguiram a princesa Saran até o prédio de Laura Canelas na Asa Norte, certo? — quis confirmar dona Olga. — Lembram qual era o prédio?

— Era na Quadra 304 — disse Rachid. — Se a senhora quiser ir, a gente sabe como chegar.

— Talvez a princesa ainda esteja lá. — Dona Olga olhou o relógio. — Quase meia-noite. Será que na lista da Interpol consta o telefone residencial da deputada?

— O que você quer falar com a princesa? — perguntou Júlia.

— Quero falar é com a deputada. Sobre a princesa.

— Está achando que foi ela que roubou o rubi? — perguntou André.

Júlia teve um estalo.

— Peraí, gente. Lembram da nossa visita ao Congresso? Aquele assessor maluco da deputada me deu um cartão. Talvez lá tenha alguma coisa.

Dona Olga não se animou.

— Só deve ter o número do telefone do gabinete dela, e preciso do número do apartamento.

— Não custa conferir. Vou pegar o cartão.

Júlia voou apartamento adentro e voltou com o cartão na mão. Dona Olga colocou os óculos. No cartão, abaixo dos telefones do gabinete, havia um outro número — parecia ser o da casa da deputada.

— Acho que a sorte está jogando do nosso lado — sorriu dona Olga, abrindo a bolsa para pegar o celular. — Vamos descobrir de quem é essa voz, e vai ser agora.

Ligou o *laptop* e conectou o celular a ele. Era meia-noite em ponto. Dona Olga digitou o número da deputada torcendo para que o aparelho dela não estivesse desligado. Felizmente não estava. Chamou, chamou, chamou, até que a voz pastosa de uma mulher atendeu:

— Deputada Laura Canelas? — perguntou dona Olga, enquanto observava uma janela aberta na tela do computador, indicando que a conversa estava sendo gravada. — Por acaso eu a acordei?

— Quem está falando?

— Sou agente da Interpol. Fui designada para o caso do roubo do rubi de Jodaipur.

Silêncio.

— Estou de posse de provas irrefutáveis de que a senhora está diretamente envolvida no crime, ao lado da cunhada do Marajá, a princesa Saran.

— O quê?! — A deputada se exasperou. — Isso é um absurdo! Que espécie de agente da Interpol é você, que sai julgando as pessoas dessa maneira irresponsável bem no meio da madrugada?

— As investigações foram rápidas, Excelência — disse dona Olga. — Afinal, o Marajá irá embora nesta quinta-feira e precisávamos reaver o rubi antes disso.

— Nem a princesa Saran, e muito menos eu, temos qualquer ligação com esse crime. Seja lá de onde essas provas vieram, lamento dizer que a Interpol foi tapeada.

— Talvez seja um pouco tarde para argumentar — dona Olga continuou fingindo convicção. — Amanhã irei denunciá-las formalmente, e a senhora terá de provar a sua inocência nos tribunais.

Laura Canelas ficou desesperada. Não havia mais um pingo de sono em sua voz.

— Você não pode cometer uma barbaridade dessas! Isso é uma loucura! Sou inocente!

— Se a senhora é inocente, então os tribunais irão absolvê-la. Não há o que temer.

— Mas é claro que há o que temer. Sou deputada federal. Se for envolvida num escândalo desses, minha carreira política está arruinada. Nunca mais vou conseguir me eleger nem para vigia de galinheiro.

Era justamente àquele ponto que dona Olga queria chegar.

— Não fique tão nervosa, deputada. Não tenho nenhuma intenção de prejudicá-la. Só quero saber a verdade. Eu sei, por exemplo, que a princesa Saran de Jodaipur está aí no seu apartamento agora. — Fez uma pausa. — Não adianta negar.

Laura Canelas demorou um pouco para responder.

— De fato, ela está aqui.

— Posso saber por quê? Vi quando ela saiu do camarote presidencial de braços dados com a Marani, no intervalo do espetáculo. Em seguida, ela foi embora do Teatro Nacional, completamente transtornada, antes do segundo ato.

— E daí?

— Não acha muita coincidência que a Marani Bhargavi tenha sido sequestrada justamente no mesmo momento?

Fez-se outro silêncio tenso. Quando falou novamente, a voz da deputada transparecia aflição:

— Como é que é? A Marani foi sequestrada?

— Exatamente.

— Juro que nem eu nem a princesa Saran sabíamos disso.

Ela pareceu estar sendo sincera ou, então, era ótima atriz.

— Você pode me dar um minuto, por favor? — pediu a deputada. — Preciso contar à princesa o que acabou de me dizer. Se quiser, posso ligar para você daqui a pouco.

— Não. Eu aguardo na linha.

Sentados em torno de dona Olga, as três crianças prestavam atenção na conversa. Dona Olga tapou o bocal do telefone com a mão e sussurrou:

— Está tudo indo bem. A deputada foi falar com a princesa.

— Eu disse que ela era culpada! — Rachid deu soquinhos no ar, comemorando.

— Rachid, nada a ver! A vovó já disse que a gente não...

Júlia foi interrompida por André:

— Aposto que a mulher de voz misteriosa é o Buriti disfarçado...

Dona Olga fez um gesto apreensivo com os braços, pedindo silêncio. "Esses três são uma máquina de besteiras", pensou.

Então ela ouviu, do outro lado da linha, o som de vozes inquietas numa língua estrangeira, cuja sonoridade, contudo, já lhe era bem familiar: o híndi. Cinco longos minutos transcorreram até Laura Canelas retornar ao telefone. As crianças não estavam se segurando de tamanha ansiedade. Agora André e Rachid tinham começado uma guerra de almofadas.

— A princesa Saran quer falar com você. Ela diz que tem revelações a fazer e que podem ajudar a esclarecer o caso.

— Ótimo, eu aceito. Quando?

— Vamos marcar às sete horas desta manhã, na Ermida Dom Bosco.

É um local afastado, ideal para não chamar a atenção de ninguém. Saran não quer que o Marajá saiba de nada.

— Onde fica esse lugar?

— Do outro lado do lago. Qualquer taxista saberá levá-la.

Dona Olga espiou o relógio. Quase meia-noite e meia.

— Nos vemos lá, então.

Mal Dona Olga pôs o telefone no gancho e as crianças dispararam várias perguntas.

— O que a deputada falou, vovó? — adiantou-se Júlia.

— Ela está com a princesa? — apressou-se Rachid.

— Ela é a ladra do rubi? — quis saber André.

— Calma, meninos. Ela disse apenas o esperado: que ela e a princesa são inocentes, não roubaram o rubi.

— Você tem mesmo essas provas contra elas? — perguntou André.

— Claro que não, André. Foi apenas uma isca que joguei para ver se a deputada mordia.

— E ela mordeu? — indagou Rachid.

— Não, mas tive algumas surpresas. Vocês acreditam que nenhuma das duas sabia do sequestro da Marani?

— Elas não sabiam ou fingiram que não sabiam? — sugeriu Júlia, desconfiadíssima.

— Isso nós ainda vamos descobrir. Seja como for... — A atenção de dona Olga voltou-se para o computador à sua frente.

— Seja como for...? — perguntou Júlia, que às vezes se impacientava com os silêncios fora de hora da avó.

— Seja como for, a voz da deputada não é a mesma da mulher que ameaçou Rachid e André. Ouçam.

Dona Olga clicou na janela que estava aberta na tela do computador. Imediatamente a voz da deputada surgiu, nítida, nas caixas de som.

André concordou:

— Não é a mesma mulher. A do capuz parece ser mais moça do que a deputada.

— E bem mais ousada e menos educada! O que foi aquilo? — acrescentou Rachid, que já estava refeito do susto.

— Isso não prova nada — argumentou Júlia. — Vocês acham que uma deputada federal iria pessoalmente ameaçar dois pirralhos? Só se fosse tapada... Está na cara que a mulher do capuz trabalha pra ela...

— Ou para outra pessoa — Dona Olga tentou acalmar os ânimos. — Ainda não sabemos se a deputada está envolvida no desaparecimento do rubi ou no sequestro da Marani. Já disse que não podemos julgar assim, tão apressadamente.

Rachid se levantou e ficou andando pela sala, pensativo.

— Essa história de sequestro da Marani está meio sem pé nem cabeça, vocês não acham?

— Por que, Rachid? — indagou Júlia.

— Porque não faz sentido. Por que alguém iria sequestrar a Marani depois de levar o rubi? O lógico seria, primeiro, sequestrar a Marani para, depois, pedir o rubi como resgate.

— Os sequestradores podem pedir outro resgate — supôs dona Olga. — O sequestro ocorreu há poucas horas. Não houve tempo de os bandidos fazerem contato.

— E eles não vão ter muito tempo para isso — alertou André. — O Marajá vai voltar para Jodaipur às três da tarde; temos menos de quinze horas. Se eles quiserem mesmo uma graninha, têm que ser mais rápidos que um foguete.

— E se vocês não forem dormir agora, vão acordar amanhã mais lerdos do que uma tartaruga — disse dona Olga, apontando para o relógio na parede, que marcava 12h45 min. — Amanhã, nosso encontro na Ermida Dom Bosco é às sete horas. Vamos acordar no máximo às seis...

— Principalmente por causa da Júlia, que demora um século para se arrumar — comentou Rachid. — Até parece que vai casar.

Júlia fuzilou Rachid com os olhos:

— Pelo menos vou treinando, porque um dia pretendo mesmo me casar. Quanto a você, acho meio difícil que alguma garota normal queira ficar com um prego desmiolado que usa esse pano velho na cabeça.

Dona Olga bateu palmas e ordenou:

— Todo mundo pra cama, agora! Amanhã o dia vai ser cheio. E quando eu chamar, quero todo mundo de pé no mesmo segundo, não vai ter aquele chororô de "só mais cinco minutinhos", por favor.

Os três saíram resmungando, como não poderia deixar de ser. Dona Olga contou quinze minutos para ter certeza de que estava sozinha e voltou para o *laptop*, desta vez para falar com o "Leão". Ele, claro, estava a postos. Às vezes, dona Olga se perguntava se o seu chefe dormia, ia ao banheiro, almoçava... Essas coisas que as pessoas comuns fazem.

— A senha! — ordenou a voz grossa e sempre impaciente. — Diga a senha!

A senha era a mesma. Tinha acontecido muita coisa, mas eles tinham se falado no dia anterior... Não havia passado tanto tempo assim. Depois de relembrarem a beleza da "Sinfonia da alvorada", o "Leão" falou:

— Obrigado por tomar a iniciativa de me procurar, dona Olga. Ia mesmo entrar em contato com a senhora nas próximas horas. A que devo a honra?

— Tenho novidades.

Ela contou tudo o que havia acontecido no teatro, o sequestro da Marani, a mulher misteriosa que havia ameaçado os meninos, a conversa com Laura Canelas e o encontro que teriam com ela e com a princesa Saran dali a poucas horas.

— O encontro com as duas será, então, às sete? — O "Leão" tomou a palavra. — Excelente, porque, às nove, a senhora e os seus auxiliares terão outro compromisso.

— Com quem?

— Com um agente da Polícia Federal. O nome dele é Jeremias Jardim. Uma autoridade estrangeira foi vítima de um crime em solo brasileiro. Em casos assim, o governo entra em ação por meio da Polícia Federal. Ele ajudará vocês na investigação.

Dona Olga concordou, um pouco nervosa. Será que o agente da Polícia Federal saberia o que fazer? O "Leão" pareceu compreender a apreensão da detetive:

— Não se preocupe, dona Olga. O agente Jeremias Jardim é um dos mais aptos da Polícia Federal. Já foi convidado para dar palestras a agentes do FBI. Não há o que temer. A senhora e seus auxiliares devem estar às nove horas da manhã em ponto no Setor Comercial Local Sul 202, junto ao cruzamento com a via L-1. Ali, do outro lado, fica a sede da Polícia Federal, onde estará o agente Jardim. Vou confirmar com ele agora mesmo. Boa sorte, dona Olga. Não esqueça que o Marajá vai embora na tarde desta quinta-feira, após um almoço de Estado com o presidente da República no Palácio da Alvorada.

Dona Olga nem teve tempo de se despedir; a tela escureceu e o *laptop* silenciou. Só de pensar no que viria pela frente, ela teve um calafrio. A deputada havia escolhido um lugar a dedo: a Ermida ficava afastada da cidade; e, assim tão cedo, certamente eles estariam sozinhos por lá. Dona Olga foi se deitar, mas não conseguia dormir. Uma dúvida a atormentava.

SERÁ QUE VOCÊ SABE?

O que está tirando o sono de dona Olga?

Se você decifrou este enigma sem ter insônia, parabéns! Outro ponto para você.

Será que o encontro na Ermida Dom Bosco era uma arapuca planejada por Laura Cauchas?

A VERDADE SOBRE O MARAJÁ

A névoa da madrugada ainda não tinha se dissipado por completo quando o táxi avançou pelo Eixo Monumental, levando dona Olga no banco da frente e, no de trás, Júlia, André e Rachid, sonolentos como zumbis. Dona Olga havia cancelado o aluguel do Mercedes. Achou que o carro chamava muita atenção e que eles facilmente ficariam marcados. O táxi passou pela Praça dos Três Poderes e seguiu em frente, alcançando a belíssima Ponte JK, que cruzava o Lago Paranoá, e continuando por uma rodovia cercada de verde.

> **VOCÊ SABIA?**
> Inaugurada em dezembro de 2002, a ponte Juscelino Kubitschek (mais conhecida como ponte JK), por onde dona Olga e as crianças passaram em direção à Ermida Dom Bosco, é um dos cartões-postais de Brasília. Sustentada e embelezada por três arcos assimétricos, foi eleita, em 2003, a ponte mais bonita do mundo por uma sociedade de engenheiros dos Estados Unidos.

O acesso à Ermida Dom Bosco estava parcialmente aberto, e um homem fardado, ao ver o táxi, acenou para que eles passassem. Ao final de um caminho pavimentado, viram um carro azul parado. Devia ser o de Laura Canelas.

A Ermida era uma capela em forma de pirâmide, erguida em homenagem ao padre italiano São João Belchior Bosco, que, dizem, teria sonhado com o surgimento de Brasília em 1883.

> **Procure a linha branca no mapa da página 116 e veja o trajeto que dona Olga e a turma fizeram do apartamento na Asa Sul até a Ermida Dom Bosco.**

Dali tinha-se uma visão estupenda do lago, dos jardins do Palácio da Alvorada e da cidade. Três pessoas estavam observando a cidade do mirante. A mais moça e robusta era a deputada Laura Canelas. Os outros dois, um casal de mãos dadas, a princesa Saran e o príncipe Gulab. Ele viera sem turbante, deixando à mostra sua cabeça quase inteiramente calva.

— Deputada Laura Canelas? — Dona Olga adiantou-se para cumprimentá-la, exibindo a carteira da Interpol.

— A senhora é agente da Interpol? — A deputada pareceu não levar muita fé. — E essas três criancinhas, quem são?

Ela era mesmo bem antipática.

— Pergunta para o senhor Amílcar, o seu assessor — disse Júlia, já desperta e nervosa. — E aproveita para dar umas dicas de como usar um terno e limpar os óculos pra ele.

Laura Canelas fez uma careta de estranhamento, mas resolveu deixar aqueles pormenores de lado. Estava nervosa, e foi logo falando:

— E então? Que provas Vossa Excelência tem contra mim, dona agente da Interpol?

— A senhora não está em posição de ser debochada, deputada. Por que não me conta a verdade sobre o desaparecimento do rubi e o sequestro da Marani? Acho que pode facilitar as coisas.

— Não sei nada além do que a senhora já sabe. Nós três aqui — ela apontou para Saran e Gulab — estamos muito mais preocupados do que a senhora imagina.

— É mesmo? — Dona Olga foi irônica.

— Não vê como estão abatidos? — A deputada continuou apontando para o casal. — A senhora não percebe o quanto eles estão sofrendo?

A fisionomia do casal, realmente, não era das melhores. Assim, de perto e sem maquiagem, Saran parecia ainda mais velha e enrugada. Dona Olga e as crianças sentiram pena dela e do marido.

— Já que é assim, por que não me conta o que sabe? Por que a senhora não assistiu ao espetáculo? Nós a vimos no teatro, mas não dentro da Sala Villa-Lobos...

— Não pude assistir. Meu filho passou mal. Só esperei o espetáculo começar e voltei pra casa. Felizmente, não era nada grave. Só uma indisposição gástrica, mas foi um susto daqueles.

— Sei, e por que a princesa Saran passou a noite na sua casa, mesmo com seu filho adoentado?

— Saran e o Marajá tiveram uma discussão violenta ontem, no teatro. O Marajá a acusou de ter roubado o rubi. Disse que não havia outra explicação. Segundo o Marajá, a princesa nunca se conformou por ele ter assumido o trono de Jodaipur no lugar do irmão.

— Então foi por isso que ela saiu do teatro estabanada daquele jeito? — perguntou André.

— Foi. A discussão com o Marajá aconteceu na antessala do camarote, minutos antes de o espetáculo começar. Saran suportou ficar ao lado dele durante o primeiro ato, mas, quando veio o intervalo, aproveitou que a Marani queria ir à toalete e saiu com ela. Saran então me ligou, transtornada, pedindo para se encontrar comigo no meu apartamento. Ela não queria voltar ao hotel de jeito nenhum.

— E pra onde a Marani foi? — indagou Rachid.

— Até onde eu sei, foi vista saindo da toalete. Depois, parece que uma mulher a viu no estacionamento do anexo do teatro, sendo levada à força para um carro.

Dona Olga observou atentamente os olhares cabisbaixos de Saran e Gulab. Era difícil acreditar que eles pudessem ter arquitetado um roubo, que dirá um sequestro. Pareciam muito frágeis e atordoados.

— Ouça, minha senhora — continuou Laura Canelas, as palavras saindo desembestadas —, não confie muito no Marajá, nem no velho Arjun Barupal. O Marajá é um tirano, um homem abominável, grosseiro, arrogante, que não respeita ninguém abaixo dele. Não duvido nada que o próprio Marajá tenha inventado esse roubo só para incriminar o irmão e a cunhada e se livrar deles para sempre. A família real é muito querida pela população de Jodaipur e seria necessário um motivo muito forte, como o roubo da pedra mais preciosa do reino ou o sequestro da rainha, para manchar a reputação de Gulab e Saran perante o povo.

A deputada dissera aquilo com firmeza e segurança. Dona Olga, realmente, ainda não havia cogitado a hipótese de tudo aquilo ser um plano do Marajá. Talvez o rubi estivesse no hotel, no mesmo cofre onde fora trazido de Jodaipur, e Arjun Barupal ou o Marajá tivessem eles próprios trocado a pedra verdadeira pela falsa no turbante.

— Almoçamos, ontem, com o Marajá no hotel — disse dona Olga. — Vimos a senhora no saguão conversando com o joalheiro Orestes Buriti...

— Fui visitar Saran e Gulab — respondeu Laura Canelas, já presumindo o que dona Olga queria saber. — Eu e Saran ficamos muito amigas quando visitei Jodaipur para organizar a visita do Marajá. Não sei se vocês sabem, mas me converti ao hinduísmo, aprendi híndi e resolvi trazer o Marajá ao Brasil porque ele é dono de uma das maiores fortunas do Oriente, acionista de muitas empresas espalhadas pelo mundo. Poderia se interessar pelo Brasil e querer investir no país.

— E Buriti? — Dona Olga franziu a testa. — A senhora o conhece de onde?

— Eu o conheci na viagem a Jodaipur. Ele era um dos empresários da comitiva. Disse que queria conhecer melhor a Índia, pois lançaria uma coleção de joias inspirada no hinduísmo. Por sinal, ela foi lançada há cerca de três meses. E eu fui justamente falar sobre ela com o joalheiro: algumas das referências à cultura indiana que ele usou em sua coleção estão equivocadas. Obviamente ele não gostou nada de ouvir isso.

Dona Olga e as crianças trocaram olhares. Será que o mistério começava a ser desvendado?

— Acreditem: Saran está muito preocupada com o sequestro da Marani Bhargavi. Bhargavi é a segunda Marani de Jodaipur. A primeira, que se chamava Vidya, é a mãe dos três filhos do Marajá e morreu há onze anos. Quando Bhargavi chegou ao Palácio, Saran e Gulab se afeiçoaram a ela como se fosse uma filha. E, de fato, Bhargavi tem idade para ser filha dos dois.

— Nós acreditamos, deputada. — Dona Olga lhe estendeu a mão e fez uma reverência para Saran e Gulab. — A senhora nos deu uma grande ajuda. Começo a achar que conseguiremos resolver esse caso antes da partida do Marajá hoje à tarde.

Dona Olga e as crianças já estavam entrando no táxi, quando ouviram a deputada perguntar:

— E as tais provas que a senhora tem contra mim?

— Esqueça-as — foi tudo o que dona Olga respondeu, antes de fechar a porta do carro.

Estavam dentro do automóvel quando ouviram a campainha de um telefone celular tocar do lado de fora. Saran atendeu. Se dona Olga e as crianças tivessem ficado mais cinco minutos, teriam visto um sorriso alegre e vitorioso brotando no rosto da princesa.

Dona Olga, Júlia, André e Rachid estavam há quase meia hora de pé na calçada do último bloco do Setor Comercial da Quadra 202 Sul, bem em frente à sede da Polícia Federal — um prédio largo e envidraçado, com doze andares. Mas a grande surpresa foi o que viram exatamente no outro lado da rua, no último bloco do Setor Comercial da quadra vizinha, a 201: nada menos do que uma loja da Buriti Joias.

> **Procure pelo número 6 no mapa da página 116 e veja onde ficam o Edifício Sede da Polícia Federal e os Setores Comerciais Locais 201 e 202 Sul.**

— Essa não é uma simples loja, pessoal — dona Olga disse, lembrando do cartão que Buriti havia lhe dado no jantar do Marajá, com o endereço da loja principal e até de sua casa. — É a sede da joalheria. O escritório de Buriti deve ficar aí dentro.

— Espertinho ele... Escolheu um lugar bem do lado da polícia. Na certa achou que ficaria mais seguro contra assaltantes — supôs André.

— Sem contar que esse pedaço é cheio de bancos e prédios do governo — completou Júlia. — Tem clientela endinheirada para gastar com joias.

— E cadê esse agente JJ que não chega? — Rachid olhou o relógio.

— JJ?! — todos exclamaram ao mesmo tempo.

— Ah, gente, Jeremias Jardim não dá, né? JJ é mais fácil de dizer... — justificou-se Rachid, ajeitando o *kefié*. — E que diferença faz? Estamos em Brasília, a cidade das siglas. Se tem SHN, SQS, SQN, SCLS, SBN, ponte JK e sei lá mais o quê, por que não pode ter JJ?

— Se você chamar o agente da Polícia Federal de JJ, eu corto sua língua — ameaçou Júlia.

— Não se preocupe. O JJ prende esse tonto antes, por desacato à autoridade — riu André.

Nisso, viram um homem alto, forte, de pele clara e cabelos escuros que vinha na direção deles. Usava um terno preto e óculos de sol. Júlia se animou. Ele era lindo, charmoso e tinha um andar firme, os passos calculados, os cabelos meio compridos e lisos ao vento. Torceu para que fosse o agente Jeremias Jardim. E quase desmaiou de emoção ao constatar que era mesmo.

— Vocês são o pessoal da Interpol, né? Sou Jeremias Jardim, mas podem me chamar de JJ. — O policial estendeu a mão para cumprimentá-los. André estava estupefato e Rachid mal conseguiu segurar o riso. — Desculpem o atraso, mas telefonaram do Teatro Nacional. Recebemos um alerta.

Júlia despertou do transe apaixonado.

— Um alerta de bomba? — perguntou, temerosa.

— Não, nada disso. Mas, se fosse, não teria problema nenhum. Sou perito em bombas.

— Ah, que interessante — disse Rachid. — O senhor sabia que o André — ele deu dois tapinhas nas costas do amigo — também é perito em bombas?

— Eu? — André estava visivelmente confuso.

Rachid acrescentou, ainda olhando para JJ:

— Ele é capaz de comer quinze bombas de chocolate numa sobremesa só. Falou em bomba, pensou em André.

— Piada mais sem graça, Rachid! — revoltou-se André. — Piada mais sem graça! Que interesse você tem no que eu como de sobremesa?

— Tenho interesse porque sua barriga está cada vez maior e...

— Parem com isso! — Dona Olga perdeu a paciência. Júlia aproveitou a deixa:

— Então você é perito em bombas? Vem cá... é que eu sempre quis saber mais sobre essa história de... ai! Vovó!

Dona Olga deu um beliscão na neta. Enquanto Júlia assoprava o braço e caía em si (que paquerinha ridícula!), dona Olga se voltou para JJ:

— Qual foi o alerta que vocês receberam do teatro?

— Encontraram um objeto suspeito num dos camarins. E pediram que fôssemos lá dar uma olhada. Vamos agora? Meu carro está parado logo ali. — JJ apontou para uma das vagas em frente à Buriti Joias.

QUEM ESTEVE NO BANHEIRO?

Um funcionário do teatro guiou dona Olga, Júlia, André, Rachid e o agente JJ pela Sala Villa-Lobos, que estava vazia, escura e silenciosa, bem diferente da noite do espetáculo. Passaram pelo *hall* e desceram um lance de escadas chegando a um corredor que conduzia a um dos camarins.

Havia duas pessoas ali: uma faxineira e um policial fardado, de óculos escuros (mesmo no escuro), o Freitas. Ele mal cumprimentou a turma:

— Essa moça, a Arlete, trabalha no teatro. Ela veio fazer a limpeza aqui nos camarins agora pela manhã e encontrou esse objeto no sanitário feminino.

Freitas levantou um pequeno saco plástico, lacrado, com uma joia dentro. Não era uma joia qualquer. Dona Olga, com seu olhar apurado, logo detectou que se tratava de um brinco de ouro. De puríssimo ouro.

— É uma joia valiosa — exclamou, fascinada, observando-a através do plástico. — Vinte e quatro quilates. A maioria das joias é feita com ouro 18 quilates.

Ela apanhou o saquinho das mãos de Freitas e examinou a joia. O pingente do brinco tinha o formato de uma letra do alfabeto devanágari.

Júlia, André e Rachid estavam com os olhos grudados no brinco, admirados com o seu brilho, delicadeza e beleza.

— Onde é o banheiro feminino? — perguntou Rachid.

— Fica logo ali — Arlete apontou para uma porta à direita.

Dona Olga, as crianças e JJ foram até lá. O banheiro era pequeno e tinha apenas uma cabine.

— Ontem à noite, a gente seguiu a princesa Saran até um camarim, mas acho que não era esse aqui... — comentou André.

— Também acho que não — concordou Rachid. — O outro, sei lá... parecia maior. Ou foi só impressão nossa?

André perguntou à faxineira:

— Esse é o camarim que fica ao lado do palco da Sala Villa-Lobos?

— Não. Esses são os camarins superiores. Os camarins do palco ficam no andar de baixo.

— Esses camarins superiores, onde nós estamos agora, foram usados no espetáculo de ontem, Arlete? — indagou dona Olga.

— Não, senhora. Só foram usados os do palco.

— Me informei sobre isso, dona Olga — interveio o agente JJ. — O teatro tem três andares de camarins. Normalmente, quando o espetáculo tem até vinte bailarinos ou um pouquinho mais, só são usados os do palco. Foi o caso da Companhia de Dança de Jodaipur, que se apresentou com dezoito bailarinos.

Júlia amou a explicação de JJ. Além de tudo, ele tinha uma voz linda.

— Se esses camarins não foram usados, como o brinco veio parar aqui? — Dona Olga cruzou os braços, pensativa. — Notem: o pingente é uma letra do alfabeto que forma o híndi. Só pode pertencer a alguém de Jodaipur.

— Será que não é de uma das dançarinas? — supôs Júlia.

— Uma dançarina dificilmente usaria um brinco tão valioso para se apresentar. — Dona Olga afastou imediatamente a hipótese. — Só pode ter sido alguém da comitiva real.

— A Marani, por exemplo? — arriscou André. — Lembram? A deputada disse que no intervalo a Marani teria ido à toalete com a Saran. Foi quando a gente viu as duas saindo do camarote...

— Mas ela não viria à toalete aqui... — rebateu Rachid. — Ela iria à toalete no camarote. — Ele virou para Arlete. — Tem toalete feminina no camarote presidencial, não tem?

— Claro que tem, né, garoto? Ou você acha que autoridade não vai ao banheiro?

Antes que Rachid tivesse tempo de responder, dona Olga fez outra pergunta:

— Quando esses camarins não são usados, as portas ficam abertas, Arlete?

— Não, dona Olga. Ficam todas trancadas. Inclusive as dos banheiros. Por isso é que eu achei meio estranho esse brinco estar aqui...

O policial Freitas interveio:

— O sanitário ficará interditado para perícia. Ainda bem que a Arlete teve o bom-senso de chamar a polícia antes de fazer a limpeza. Assim vamos poder colher impressões digitais e procurar por outros sinais, como fios de cabelo, que indiquem quem esteve aqui ontem.

Dona Olga estava pensativa.

— O brinco fica conosco — disse JJ, apanhando o saquinho com a joia e entregando-o para dona Olga. — Acho que já temos dados suficientes, não?

— Só tenho uma última dúvida — dona Olga dirigiu-se à faxineira. — Você estava no teatro ontem à noite, durante o espetáculo?

— Estava.

— Você viu a Marani sendo levada pelo sequestrador? Ou sabe de alguém que viu?

Arlete forçou a memória, concentrando-se.

— O que uns colegas comentaram comigo foi que viram ela saindo com um homem pelo anexo, lá embaixo.

Dona Olga ponderou. O percurso do camarote presidencial até o anexo era tortuoso. Seria muito mais simples o sequestrador sair com a Marani pela entrada da Sala Villa-Lobos.

— Eles a viram sair por lá?

— Não sei direito, dona Olga. Se a senhora quiser, posso pedir pra algum deles ligar pra senhora quando chegar. Eles só vêm à tarde.

— Por favor, faça isso, Arlete. Espero que em poucas horas já tenhamos o culpado, mas é bom que eles me liguem assim que chegarem aqui.

Dona Olga começou a anotar seu telefone num papel, quando Arlete falou:

— Ah, teve também outra mulher que viu essa tal Marani ser colocada à força num carro. Foi ela que avisou o pessoal do teatro. Todo mundo correu pro estacionamento, mas já era tarde. O carro tinha se mandado.

— Quem era essa mulher? — perguntou Júlia.

— Não sei. Não trabalha aqui. Acho que ela tinha vindo ver o espetáculo. Só não entendi direito o que ela tava fazendo lá embaixo. É meio contramão pra quem vem aqui na Villa-Lobos. Os homens disseram que era uma ruiva alta, bonitona.

— Ruiva? — Dona Olga congelou, lembrando-se de algo.

— É. Tinha um cabelo bem vermelho, vermelho-escuro.

SERÁ QUE VOCÊ SABE?

Você lembra quem é essa mulher? Releia o capítulo 3 e reveja com atenção a ilustração da página 43.

Volte as páginas correndo e depois, se acertar, vá até a Ficha de Detetive marcar mais um ponto!

Dona Olga ficou petrificada por alguns segundos. Procurou a agenda na bolsa, abriu-a e consultou um endereço, assinalando-o com uma caneta. Eles saíram dos camarins, atravessaram a Sala Villa-Lobos, subiram a rampa da entrada principal e retornaram ao *foyer* que, naquela hora do dia, recebia a generosa claridade natural pela cobertura envidraçada. Dona Olga pegou no braço de JJ:

— O senhor tem como reunir um efetivo da polícia agora?

— É claro, dona Olga. Achou alguma pista quente?

— Acabei de desvendar o enigma. Já sei a verdade sobre o rubi e sobre a Marani Bhargavi. Reúna um bom efetivo e diga que iremos a uma das mansões no Lago Sul. Peça a eles, por favor, para nos encontrar aqui no teatro.

— A senhora tem certeza? É uma operação delicada.

— Absoluta. Enquanto isso, nós quatro vamos nos sentar ali para comer algo — disse para as crianças apontando uma mesinha no café que ficava na outra ponta do *foyer*. — Não teremos tempo para almoçar. É hora de concluir nossa missão.

— Então, tratem de comer rápido. Estarei de volta em dez minutos — disse JJ, correndo para a saída do teatro.

Dona Olga e as crianças pediram sucos e pães de queijo. Enquanto as crianças comiam, dona Olga pegou de novo sua agenda: queria consultar a lista de letras do alfabeto devanágari e suas correspondências em português. Descobriu que a letra moldada no brinco correspondia à "bh" em português.

Uma peça decisiva do quebra-cabeça estava encaixada.

— Por que vamos para o Lago Sul? — perguntou Júlia, interrompendo o raciocínio da avó.

— É onde fica a casa de Orestes Buriti — respondeu dona Olga.

— Você acha que o joalheiro roubou o rubi? — perguntou André.

— Não, e por uma razão muito simples: o rubi não foi roubado — revelou dona Olga.

Se um asteroide tivesse acabado de cair no *foyer*, o efeito não teria sido mais devastador do que o produzido pela frase. Júlia, André e Rachid engasgaram, e só se recuperaram depois de bons goles de suco.

— Como é que é?! — berrou Júlia, que terminava de engolir o suco e estava vermelha feito um pimentão de tanto tossir. — O rubi não foi roubado? — esbravejou indignada.

— Não — disse dona Olga, bebendo calmamente um gole de suco.

— Mas como não, dona Olga? — perguntou Rachid, recobrando o ar. — A gente tava lá no Itamaraty quando aquela porcaria de rubi fajuto caiu no chão e virou farelo de vidro. A gente foi almoçar com o Marajá, ele tava preocupado...

Dona Olga terminou de comer seu pão de queijo e respondeu devagar:

— As coisas muitas vezes não são o que parecem. Se eu disser que, independentemente do que nós formos fazer agora, o rubi voltará são e salvo para Jodaipur, talvez vocês não acreditem. Mas é exatamente o que vai acontecer.

— Cada vez eu entendo menos. — André já havia até esquecido a comida.

— Vou tentar explicar. As emoções humanas são muito mais poderosas do que nós, e uma hora elas vêm nos cobrar uma atitude diante de coisas que estão erradas nas nossas vidas. Vocês são muito jovens e vão compreender isso melhor à medida que forem ficando mais velhos. O fato é que havia um plano muito bem armado e, no meio do caminho, aconteceu um imprevisto que bagunçou tudo. E foi só por causa desse imprevisto que caímos nessa investigação. Precisei usar mais a sensibilidade do que a razão para desvendar o mistério, e é por isso que iremos, agora, à mansão do joalheiro, porque ele...

Dona Olga interrompeu o que estava dizendo quando viu JJ fazendo um sinal para eles. As viaturas da Polícia Federal haviam chegado ao teatro.

— Vamos embora. Vocês vão entender.

ADRENALINA NO LAGO

Os carros da Polícia Federal (mais de vinte) saíram do teatro a toda: sirenes ligadas e cantando os pneus. Júlia prendeu o cabelo, colocou seus óculos escuros e olhou para JJ. Estava se sentindo num filme policial em Miami. O percurso foi rápido: logo estavam chegando ao Lago Sul, uma área nobre e rica da capital federal. A casa de Buriti ficava na Quadra do Lago número 8, ou QL-8, numa "ponta de picolé", como são chamados os terrenos situados na beira do lago. Rachid estava começando a ficar impaciente com aquele mundaréu de siglas.

O comboio estacionou diante da mansão de Buriti. Todos os policiais desceram, com JJ e dona Olga à frente, indo direto ao portão, onde um segurança os atendeu, com cara de poucos amigos.

— Polícia Federal! — JJ mostrou sua carteira.

— Interpol! — Dona Olga mostrou a dela.

— Temos ordens para entrar — gritou JJ. — Recebemos uma denúncia grave e viemos averiguar.

O segurança hesitou um pouco. Puxou um rádio da cintura e murmurou qualquer coisa. Depois de um tempo, meio a contragosto, abriu os portões.

As crianças repararam que todas as janelas da mansão estavam fechadas e, pensando juntos, deram o alerta:

— Vocês viram o segurança falando no rádio? — perguntou Rachid.
— Ele demorou para deixar a gente entrar. O portão está bloqueado pela polícia. Se o joalheiro almofadinha estiver aqui, vai fugir por outro lugar.

— Essa mansão fica na beira do lago — complementou André. — Ele vai fugir pelo lago!

Dona Olga e JJ se entreolharam e partiram em disparada, seguidos pelas crianças. Atrás da casa, estendia-se um extenso jardim gramado, pontilhado por árvores, que ia terminar justamente no lago, onde havia um pequeno ancoradouro. Duas lanchas estavam atracadas a ele, e havia três pessoas numa delas. Àquela distância não era possível ver exatamente quem eram, mas dava para reconhecer o cabelo louríssimo do joalheiro. A lancha já se afastava do píer.

— Eles estão escapando! — gritou Júlia. — Pega! Pega!

— A outra lancha... — disse André. — Vamos segui-los com a outra lancha. Mas peraí... — o menino parou de repente, olhando para Rachid. — Quem de nós sabe pilotar uma lancha?

Rachid encarou-o com estranheza.

— Está olhando para mim por quê? Eu é que não, né, maluco?

JJ correu na frente:

— Eu sei pilotar. Venham comigo.

— Como é que o senhor vai ligar a lancha, agente JJ? — indagou dona Olga, correndo ao lado dele, em direção ao ancoradouro. As crianças vinham atrás, ofegantes. — A chave não deve estar na ignição...

— Eu tenho uma gazua automática. Ela se ajusta a qualquer fechadura. Até à ignição de uma lancha.

A lancha era bonita e elegante. Era toda branca, com detalhes em vermelho. Havia dois bancos na frente, onde se sentaram JJ na direção e dona Olga, e um espaçoso assento atrás, para onde foram as crianças.

A chave, realmente, não estava na lancha. JJ sacou sua gazua do bolso, enfiou-a na ignição, girou e a lancha ligou. Ele jogou um celular para as crianças e disse:

— Apertem o botão verde e digam que uma lancha com bandidos está fugindo em alta velocidade em direção ao Lago Norte. Peçam para chamar um helicóptero.

A lancha arrancou, inclinando-se um pouco para trás e abrindo um sulco na água. Foi Júlia quem pegou o telefone e, fazendo pose de mulher fatal (o máximo que permitiam seus 12 anos), apertou o botão verde e repetiu a ordem de JJ com uma voz tão doce e melodiosa que parecia ensaiar um bolero.

— Alô. Aqui é da parte do agente JJ. Por favor, chamem um helicóptero, porque um grupo de bandidos está fugindo numa lancha pelo Lago Paranoá sentido Norte com a Marani de Jodaipur a bordo.

— Não temos certeza ainda se a Marani está lá, sua tonta — ralhou André.

Júlia não se perturbou e concluiu o aviso:

— Aqui falou Júlia de Castro Álvares Cabral, diretamente das águas azuis do Lago Sul para a Central da Polícia Federal.

E desligou. André a mediu com desdém:

— Ridículo! — declarou.

Rachid olhou para trás e viu que a mansão de Buriti ficava cada vez mais longe. Havia uma movimentação de policiais e pessoas que trabalhavam na casa ao redor do píer. Na frente, a lancha do joalheiro aumentava a velocidade e abria vantagem.

Eles passaram sob a ponte Costa e Silva e viram o lago se alargando gradualmente, à medida que avançavam. O tempo estava bonito, o vento era constante, a temperatura, agradável, e havia vários caiaques e velas coloridas de windsurfe singrando as águas naquele final de manhã.

A lancha de Buriti começou a descrever curvas insanas sobre o lago, como um carro desgovernado. Por onde passava, a água tornava-se revolta e era lançada com força sobre os velejadores, virando suas pranchas e caiaques.

Dona Olga apontou, apavorada, para a frente:

— O que esse joalheiro destrambelhado pensa que está fazendo? Será que ele não vê que vai acabar matando alguém correndo desse jeito...?

Um helicóptero surgiu no céu. O telefone de JJ, que continuava com Júlia, tocou e ela atendeu, sem cerimônia.

— Aqui é do helicóptero da Polícia Federal. Ligamos para avisar que estamos no encalço da lancha em rota de fuga.

— Ela saiu da QL-8 no Lago Sul e parece estar indo para algum lugar no Lago Norte — Júlia nem acreditou que tivesse dito aquilo com tanta segurança. Dona Olga virou e ergueu o polegar direito em sinal de aprovação.

— Na verdade — interveio Rachid, assim que Júlia desligou o telefone —, nós estamos indo do SPS em direção ao SVN. É o que acabei de descobrir.

— SPS e SVN? — Dona Olga franziu a testa. — Que diacho é isso, menino?

— Setor de Pilantragem Sul, que é a mansão do almofadinha, e Setor de Vigaristas Norte, que é o lugar para onde ele está fugindo.

— Isso foi uma piada? — zombou André. — Devo rir?

— Por quê? Você não entendeu? — devolveu Rachid, também zombando. — Se quiser, eu te explico. É o seguinte: as siglas...

— Que droga! — Júlia deu um grito. — Será que vocês não conseguem ficar quietos nem num momento desses?

Rachid e André trocaram um olhar interrogativo.

— E isso lá é momento pra ficar quieto? — André abriu uma careta maliciosa. — Quando a gente tá bem no meio de uma perseguição policial?

Júlia cruzou os braços, emburrada, e soltou um suspiro impaciente, como se dissesse: "Não adianta mesmo discutir com esses sem noção".

Eles se aproximavam da Ponte JK. O helicóptero sobrevoava a área, fazendo malabarismos no ar, quase como uma libélula voejando em torno de uma piscina. Com certeza, estavam orientando os companheiros em terra, para que o cerco à lancha de Buriti fosse bem-sucedido.

Buriti passou com sua lancha sob os pilares da arcada da esquerda da ponte JK e JJ fez o mesmo. Naquele ponto, o lago se estreitava novamente e só se alargaria depois da ponta da península, onde ficavam os jardins do Palácio da Alvorada, a residência oficial do presidente da República. Era essa península, aliás, que dividia o Lago Paranoá em Norte e Sul.

E foi então que aconteceu o inesperado. Naquele instante, o Marajá e sua comitiva estavam no Palácio, no tal almoço de Estado oferecido pelo presidente brasileiro antes da viagem de volta do soberano. Devido a isso, a segurança no Alvorada recebera reforços. Normalmente, ao longo da península havia uma zona de segurança delimitada por boias que flutuavam no lago. Naquele dia, essa zona tinha sido aumentada, o que diminuía a área permitida para o tráfego de embarcações.

Buriti não se deu conta disso e continuou guiando a lancha em linha reta. Queria chegar logo ao outro lado, onde o funcionário de um clube, do qual o joalheiro era sócio, estava à espera, com um carro ligado, pronto para partir. Na pressa, Buriti ultrapassou o limite de segurança sinalizado pelas boias do Palácio Alvorada, e a lancha foi interceptada por duas embarcações da Marinha. Ao ver que dois soldados apontavam fuzis para ele, o joalheiro foi forçado a parar e levantou-se, aos berros:

— Mas que diabos! Vocês ficaram loucos? Não veem que estou com pressa?

— Sua lancha invadiu uma área interditada — respondeu um dos guardas. — O senhor será detido para prestar esclarecimentos.

— Detido? — Buriti ficou lívido. — Não posso ser detido. Tenho um compromisso urgente que não pode ser adiado. O senhor sabe com quem está falando? Sou o joalheiro Orestes Buriti. Sou um homem de bem e não admito...

— Homem de bem, coisíssima nenhuma — gritou dona Olga, de pé no assento da outra lancha. Nem ela sabia como tinha conseguido ouvir aquela última frase, com o ruído de tantos motores em atividade. — Prendam esse sujeito! É um criminoso, perseguido pela Interpol e pela Polícia Federal. Uma das moças que estão com ele é a rainha de Jodaipur.

O olhar estarrecido do soldado passou por dona Olga, foi para as crianças, depois para JJ e parou em dona Olga novamente.

— Quem são vocês?

Dona Olga sacou a carteira da Interpol e JJ fez o mesmo com a sua, da Polícia Federal. Júlia, André e Rachid, debruçados na lancha, viram quem eram as duas moças que estavam com o joalheiro.

Uma delas, de cabelo cor de vinho tinto, trabalhava para Buriti na joalheria do hotel onde o Marajá estava hospedado. Fora ela quem dissera ter visto a Marani ser sequestrada. Ao perceber que tudo estava perdido, a mulher começou a gritar com o joalheiro:

— Estamos sendo presos? E o senhor não faz nada, seu Orestes?

A voz dela era inconfundível. Tão inconfundível que Rachid e André logo sacaram: era a voz da mulher encapuzada que os ameaçara naquela noite sinistra.

— Agora está claro. O carro que seguiu a gente era desse Buriti — André cochichou para Rachid. — Ele ficou esperando dentro do carro e a ruiva foi ameaçar a gente.

— E, se ele tinha acabado de sequestrar a Marani no teatro, é claro que ela estava no carro também — concordou Rachid, olhando para a moça com desprezo.

A outra moça, belíssima, de cabelos negros, compridos e lustrosos, estava de *jeans* e camiseta. Sem o sári e as joias, ela poderia andar pelas ruas como uma mulher comum. Mas não havia dúvida: era mesmo a Marani Bhargavi, de Jodaipur.

Ao descer da lancha, a Marani não parecia amedrontada, ansiosa ou aliviada. Seu olhar era de puro tédio, como se não visse a hora de se livrar daquilo tudo. Tinha a indiferença superior das grandes rainhas.

Admirando a bela Marani, Júlia e dona Olga repararam num detalhe que escapara aos olhos dos outros.

Dona Olga retirou da bolsa o brinco que encontrara no teatro, e aproximou-se da jovem rainha:

— É seu, Alteza? — perguntou dona Olga, delicadamente.

A Marani não entendia português, mas não escondeu a alegria de reencontrar o brinco perdido e o encaixou na orelha, sorrindo para dona Olga e agradecendo com o olhar e um leve inclinar da cabeça.

SERÁ QUE VOCÊ SABE?

Olhe atentamente a ilustração acima. O que a descoberta significa?

Achou? Ponto para você!

A península era cercada por uma rua, que circundava o jardim do palácio. Dois automóveis pararam em frente ao píer. Buriti, a moça ruiva, a Marani e JJ entraram no primeiro, e dona Olga, Júlia, André e Rachid, no segundo. Os carros partiram devagar em direção ao Palácio.

Entre as quase trinta pessoas sentadas em torno da comprida mesa do Salão de Banquetes do Alvorada estavam o casal presidencial do Brasil, o Marajá, o príncipe Gulab, a princesa Saran, Arjun Barupal e a deputada Laura Canelas. Através das janelas envidraçadas, os convidados para o almoço oficial podiam apreciar as imponentes colunas brancas que compunham a fachada do Palácio em contraste com as palmeiras do gramado frontal. Quando o presidente se levantou para propor um brinde ao Marajá, um dos assessores apareceu no salão e se aproximou dele, cochichando qualquer coisa no seu ouvido.

O presidente não escondeu a surpresa.

— A Marani está aqui? — ele perguntou. — No palácio?

— Sim, Excelência. Na biblioteca, com agentes da polícia, três crianças, um joalheiro e uma funcionária dele. Parece que o joalheiro e a funcionária são os sequestradores.

O presidente abriu um sorrisão maior que a boca, agradeceu ao assessor e deu a notícia a Arjun Barupal, que a traduziu para o Marajá, Gulab e Saran. O almoço foi interrompido. Rajesh Mishra II deixou o salão depressa, seguido pela comitiva real.

VOCÊ SABIA?

O Lago Paranoá, onde aconteceu a perseguição de lanchas, é um lago artificial, formado pelas águas represadas do Rio Paranoá. Ele foi feito na época da construção de Brasília para aumentar a umidade relativa do ar e amenizar o clima seco característico da região. O lago possui cerca de 40 quilômetros de extensão e perímetro de aproximadamente 80 quilômetros; a profundidade chega a 40 metros.

A REVELAÇÃO

Quando o Marajá entrou na biblioteca do palácio, encontrou a Marani, séria e segura de si, com o rosto erguido, a postura ereta e os braços cruzados para trás. Ele olhou para o lado e viu o agente JJ de pé num canto, entre Orestes Buriti e sua funcionária de cabelo cor de vinho. Os dois estavam com cara de poucos amigos.

A biblioteca impressionava. Grande e iluminada, suas enormes estantes de madeira nobre revestiam duas paredes inteiras. Nas prateleiras, viam-se clássicos da literatura brasileira e universal e, claro, a preciosa coleção de mais de trezentos títulos só sobre o Brasil — a famosa Brasiliana.

— Bhargavi! — exclamou o Marajá, sorridente, indo em direção à mulher.

Ela estendeu o braço, repelindo-o.

— Não se aproxime!

O Marajá recuou, chocado.

— Por que está falando assim comigo?

A Marani não disse nada. Com o rosto contraído, mirou cada uma das pessoas à volta. Ela tinha alguma coisa a dizer, mas parecia sem coragem.

— O que está havendo, Bhargavi?

Ela levou alguns segundos, que pareceram uma eternidade, para responder:

— Há policiais aqui. Com certeza, eles já sabem a verdade. Não tenho mais como esconder o que aconteceu. Vou contar... — ela pigarreou. — Vou contar... tudo.

— Tudo o quê?

— Que estou cansada do senhor, meu marido. Que decidi não voltar com vocês para Jodaipur.

O Marajá olhou ao redor, buscando solidariedade. Sentia-se exposto e constrangido.

— Anuncio que vou me separar do senhor — continuou a Marani, solenemente.

A conversa transcorria em híndi. Laura Canelas a traduzia para dona Olga, Júlia, André e Rachid. Um intérprete fazia o mesmo com o presidente, que parecia tenso.

O Marajá procurou manter a calma.

— Você deve estar transtornada, querida. — Ele forçou um sorriso. — Mas eu compreendo. Afinal, você passou as últimas horas refém de um sequestrador...

— Não é verdade — rebateu a Marani.

— Como não? — reagiu o Marajá, apontando para Orestes Buriti. — Aquele homem sequestrou você. A polícia o prendeu no Lago Paranoá.

— Ele não me sequestrou. Fui eu quem decidiu fugir.

Houve consternação geral no recinto. Era como se o Marajá, sempre tão orgulhoso e arrogante, despencasse do seu pedestal de ouro.

— Mas aquele homem... Ele estava com você na lancha...

A Marani sorriu com certo deboche:

— O senhor fala desse joalheiro como se ele fosse um gênio do crime. Mas ele é um pateta. Um pateta que se acha muito esperto. Pensei que o senhor se lembrasse dele...

— Do que está falando, Alteza? — perguntou Arjun Barupal, com a voz mansa de sempre.

— Vocês não se lembram da comitiva de brasileiros que esteve em Jodaipur para programar esta nossa visita ao Brasil? Esse joalheiro, que se chama Orestes Buriti, fazia parte dela. Nós o hospedamos no Firozí Mahal por alguns dias. Foi aí que aproveitamos a ocasião para conversar bastante. Nós dois falamos inglês e eu contei a ele que desejava abandonar Jodaipur na primeira chance que tivesse. E a visita ao Brasil parecia ser essa chance.

O Marajá e Barupal trocaram um olhar de perplexidade. Voltaram-se, então, para Buriti e, finalmente, pareceram reconhecê-lo.

— Buriti prometeu que me ajudaria — prosseguiu Bhargavi. — Que me ofereceria abrigo na casa dele, aqui em Brasília, e, depois, me levaria, incógnita, para uma fazenda dele que fica nesse estado aqui do lado... Como é o nome do estado...?

— Goiás! — adiantou-se Laura Canelas, quase gritando.

— Isso. Goiás. Mas é claro que Buriti não faria isso de graça. Em troca, eu deveria entregar a ele o rubi *Ágni ki fúol*. Ele sabia de sua fama. Quando o viu no turbante do Marajá durante um jantar de gala no Palácio, ficou ainda mais fascinado.

Assim que Laura Canelas acabou de traduzir aquela declaração para o português, Júlia, André e Rachid deixaram escapar um murmúrio de surpresa.

— Então foi ela quem pegou o rubi? — exclamou Júlia.

— E o joalheiro foi enrolado por ela? — Rachid fez coro. — A Marani tem razão. O cara é um pateta.

— Para mim, isso ficou claro quando estávamos no café da Sala Villa-Lobos, comendo pão de queijo — revelou dona Olga, quase sussurrando.

— Como assim? A senhora já sabia de tudo? — Rachid perguntou ressabiado.

— Eu explico depois. Agora fiquem quietos e ouçam o que a Marani tem a dizer. — A rainha falava de modo cada vez mais eloquente.

— É claro que concordei com a proposta. E comecei a agir na mesma hora. Chamei Narpat Ranjan, o joalheiro real, ao Firozí Mahal, e pedi a ele que fizesse duas réplicas do *Ágni ki fúol*. Dei a desculpa de que o Marajá viajaria ao Brasil em breve, que o mundo estava cada vez mais perigoso e que achava um absurdo ninguém nunca ter pensado em fazer uma réplica de uma pedra tão valiosa como aquela. Narpat Ranjan aceitou a incumbência. Como rainha de Jodaipur, tenho acesso livre ao cofre do palácio, onde o rubi fica guardado. Eu o apanhei e o entreguei ao joalheiro, que fez o trabalho em menos de um mês. Então, eu devolvi o rubi verdadeiro ao cofre e guardei as duas réplicas comigo.

— Narpat Ranjan não me contou nada sobre isso — esbravejou o Marajá, com os olhos em brasa.

— Porque eu pedi a ele que guardasse segredo. Narpat não sabia do meu plano de fuga. Se soubesse, com certeza teria contado tudo ao senhor.

— Por que Vossa Alteza precisava de duas réplicas? Uma não bastava? — perguntou Barupal.

— Não. Eram necessárias duas, porque uma seria colocada no turbante real e a outra eu daria a esse joalheiro. — Ela apontou para Orestes Buriti. Ele estava de pé bem atrás de dona Olga e ouviu direitinho quando Laura Canelas traduziu as palavras da Marani. A pele alva do joalheiro ficou branca e o ódio se delineou na sua face.

— Uma réplica?! — berrou ele, em inglês. — Quer dizer que o rubi que você me entregou é falso?

A Marani apenas fez um "sim" com a cabeça.

— É mentira! — Buriti estava fora de si. — Passei horas examinando o rubi que você me deu. Sou joalheiro há anos e não iria ser enganado por uma réplica de vidro. Aquele era o *Ágni ki fúol*.

— Disse bem — concordou a Marani. — ERA! Ele só ficou com você da noite de terça até hoje de manhã. Tempo suficiente para você analisá-lo e comprovar que estava com o rubi legítimo em mãos. Quando vi que já estava convencido, tratei de trocar o rubi pela segunda réplica e o devolvi.

O rosto de Buriti murchou na hora. Ele sonhara durante anos possuir aquele rubi. Começou a chorar, de raiva e de decepção.

— Você devolveu o rubi? — perguntou o Marajá. — Para quem?

A Marani olhou para Saran. A velha princesa de cabelos prateados acomodou sua bolsa no braço do sofá e retirou dela um pequeno saco de veludo azul-marinho. Ela o abriu e a reluzente pedra vermelha escorregou pela sua mão.

O *Ágni ki fúol*.

Todos na sala reagiram extasiados ao ver a pedra. Era realmente deslumbrante.

A princesa Saran passou o rubi a Bhargavi e, com os olhos úmidos, fez um carinho emocionado e maternal no rosto da Marani.

— Não imaginava que a réplica do turbante cairia daquele jeito na noite da cerimônia — declarou Bhargavi. — Quando troquei as pedras na suíte do hotel, aproveitando que todos tiravam uma sesta, estava morrendo de medo de ser flagrada e acabei encaixando o rubi falso de qualquer jeito no broche do turbante. Por causa disso, passei quase todo o dia seguinte tensa, com uma enxaqueca terrível.

Dona Olga, Júlia, André e Rachid se lembraram do almoço com o Marajá no hotel. Arjun Barupal tinha dito mesmo que a Marani estava com enxaqueca e não poderia almoçar com eles. Os quatro acharam que ela estava traumatizada com o roubo, mas, na verdade, ela estava era preocupada, com medo de que seu plano fosse descoberto antes de concluí-lo naquela noite no teatro.

O Marajá se pôs de pé e avançou, furioso, em direção à mulher:

— Quer dizer que Saran ajudou você nesse plano infame? Ela foi sua cúmplice?

— Não. Só falei com ela hoje cedo, para entregar o rubi e me despedir. Eu sabia que Saran estava com a deputada Laura Canelas. As duas ficaram amigas desde que a deputada esteve em Jodaipur. Buriti a seguiu quando ela saiu do teatro. O senhor a tinha acusado de ser a ladra do rubi. Eu estava no carro com ele.

O Marajá baixou a cabeça, meio envergonhado, meio furioso por ser repreendido daquela maneira por uma mulher muito mais jovem, e que, até momentos atrás, lhe devia obediência como esposa.

— Liguei para Saran e marquei um encontro com ela. Saran e Laura Canelas estavam num lugar chamado Ermida Dom Bosco e tinham acabado de conversar com uma agente da Interpol. Saran é uma pessoa tão correta e leal que trouxe o rubi intacto até o senhor — acrescentou a Marani. — Ela achou que no hotel ele não estaria totalmente seguro, e tinha razão. — Bhargavi estendeu a pedra ao Marajá. — Tome! É todo seu!

O Marajá deu um passo à frente para apanhar o rubi, mas a Marani o soltou de repente. A biblioteca mergulhou num silêncio angustiado, enquanto o rubi despencava em queda livre. Ao cair no chão, ouviu-se o estrondo, mas o rubi não sofreu sequer um arranhão.

— Como todos podem ver... — a Marani anunciou, desta vez em inglês — ... não é uma réplica de vidro.

O Marajá ajoelhou e segurou o rubi com as duas mãos, com a avidez de um faminto agarrando, desesperado, um pedaço de pão.

— Por que você fez isso? — perguntou o soberano, com a voz trêmula, de quem estava prestes a chorar. — Por que armou esse plano maquiavélico que só serviu para me desmoralizar publicamente? Se me despreza tanto, por que não fez suas malas e foi embora de Jodaipur?

— Ir embora de Jodaipur? De que maneira? — perguntou a Marani, indignada. — O senhor fala como se fosse a coisa mais fácil do mundo. Eu mal conseguia pôr os pés para fora dos jardins do Palácio. Guardas me vigiavam quase o tempo todo. Se eu não tivesse planejado essa fuga, estaria condenada a viver aprisionada para sempre.

— Só que esse seu plano foi em vão. Porque você vai voltar comigo, sim, para Jodaipur. Você cometeu um crime. Roubou o *Ágni ki fúol*, a joia mais importante do reino. Posso levá-la aos tribunais.

— Roubei? Como, se o rubi está bem aí na sua mão?

— Está agora. Mas não esteve desde terça à noite.

— Esteve comigo. Qual a diferença? Ainda sou a Marani de Jodaipur. Não há nenhuma lei em nosso país que proíba a rainha de ficar com uma joia real sob sua responsabilidade por dois dias.

— Você também simulou um sequestro...

— Nada disso. Apenas saí do teatro. O senhor é que cismou que eu tinha sido sequestrada.

— Mas aquela mulher — o Marajá indicou a funcionária ruiva de Buriti — saiu gritando pelo teatro que você tinha sido sequestrada.

Bhargavi sacudiu os ombros.

— Então exija explicações dela. Porque contra mim o senhor não pode fazer nada. Não vou voltar para Jodaipur. Não quero mais viver enclausurada naquele palácio, maltratada e desprezada pelo senhor porque não pude ter filhos.

— Isso não é verdade! — reagiu o Marajá, assumindo um tom de voz trágico. — Quero que um relâmpago parta o meu corpo ao meio e que todo o meu tesouro se transforme em areia se alguma vez eu a maltratei ou a desprezei por não ter me dado um filho!

— É verdade, sim, e pare com esse dramalhão ridículo. Não importa o que o senhor diga. Já resolvi: vou ficar no Brasil e construir uma nova vida aqui. — Ela bateu, decidida, com a mão espalmada no peito. — De hoje em diante sou uma mulher livre!

Júlia inclinou-se para Laura Canelas e dona Olga:

— Não vai mesmo acontecer nada com ela?

— Não — respondeu a deputada. — O Marajá não tem como acusá-la de nada. Ainda mais num país estrangeiro. Não estamos em Jodaipur.

— E Orestes Buriti e a funcionária dele? — indagou Rachid.

— Esse já teve o pior castigo que poderia receber — comentou dona Olga, achando graça. — Não ficar com o *Ágni ki fúol*. Acho difícil que ele seja punido judicialmente. Pois, se foi a Marani quem apanhou o rubi e se não houve sequestro, ele será acusado de quê? O mesmo vale para a funcionária da joalheria.

A discussão entre o Marajá e a Marani prosseguia acalorada. Dona Olga percebeu que era hora de se retirarem dali, afinal a missão estava cumprida. Ela fez um gesto com as mãos para Júlia, André e Rachid e os quatro se levantaram da mesa, se despediram da deputada e saíram discretamente da biblioteca, enquanto o bate-boca em híndi não dava sinais de trégua.

Dona Olga e seus fiéis ajudantes desceram a rampa dourada, revestida com carpete vermelho, que levava ao *hall* de entrada, e saíram do Palácio da Alvorada. O início de tarde em Brasília estava luminoso, cintilante.

— Você já sabia de tudo, né, vovó? — perguntou Júlia. Eles estavam, agora, sobre uma passarela que cortava em dois o espelho d'água diante do Palácio e onde duas fileiras de Dragões da Independência montavam guarda, imóveis.

— Descobri hoje — respondeu dona Olga. — Não foi difícil deduzir o que tinha acontecido, depois da conversa que tivemos com a deputada na Ermida Dom Bosco e, principalmente, depois do brinco encontrado no teatro. O pingente tinha a forma de uma letra do alfabeto devanágari. A primeira letra do nome "Bhargavi". Descobri isso quando consultei a lista que baixei da internet.

Os três escutavam atentos.

— Se o brinco era da Marani, ela mesma o havia perdido naquele banheiro. Mas o que a Marani teria ido fazer lá, num andar deserto do teatro, se havia toalete no camarote? Simples: ela foi para lá no intervalo entre os dois atos do espetáculo e trocou de roupa. Com certeza a funcionária ruiva de Buriti tinha deixado uma bolsa com uma roupa mais ocidental dentro do reservado do banheiro. Depois, a Marani saiu pela porta principal do teatro, quando o segundo ato estava começando. Só que, na pressa de fugir, deixou cair um dos brincos.

— E Buriti devia estar de carro à espera dela na porta do teatro... — deduziu André.

— Exato. E a mulher ruiva, no anexo. Assim que a Marani entrou no carro, ele se comunicou com a moça de alguma forma e ela saiu gritando que a Marani tinha sido sequestrada. Do estacionamento do anexo, chega-se ao platô onde fica o teatro por uma escada externa. Ela provavelmente subiu essa escada e entrou no carro de Buriti, depois de ele ter contornando o teatro para pegar a saída. Nesse momento, devem ter visto Saran descendo pela rampa que leva ao camarote e entrando na limusine. Na certa, também viram vocês no táxi, à espera dela. Buriti deve ter pensado que vocês tinham descoberto alguma coisa e, daí, começou a persegui-los.

— Por que será que eles inventaram que a Marani tinha sido sequestrada? — perguntou Rachid. — Não teria sido mais lógico não falar nada?

— Era uma forma de confundir o Marajá e a polícia. Porque se eles não acreditassem que alguém tinha sequestrado a Marani, logo concluiriam que ela havia fugido. E, pelo que escutamos na biblioteca, a Marani não pretendia mais encontrar o Marajá. Depois de devolver o rubi, ela iria para a tal fazenda de Buriti em Goiás e, de lá, sem que Buriti soubesse, fugiria de vez. Assim, quando o joalheiro descobrisse que seu *Ágni ki fúol* era apenas uma pedra de vidro, não teria mais como se vingar dela. E não poderia denunciá-la à polícia, já que tinha sido cúmplice no plano. O plano, aliás, era perfeito.

— Lá no teatro você disse que o rubi não tinha sido roubado — disse Júlia. — Você já sabia que a Marani o devolveria antes que o Marajá fosse embora?

— Claro. O rubi tinha que ser devolvido. Se a Marani queria se ver livre do Marajá, não poderia ficar com uma joia tão importante para Jodaipur. Ela seria acusada publicamente de ladra, seria caçada pelo mundo inteiro e, caso fosse capturada, seria deportada para ser julgada e, provavelmente, condenada em Jodaipur. Aí ela ficaria presa mesmo. A Marani não desejava correr esse risco. Ninguém que almeja a liberdade acima de tudo desejaria.

Eles caminhavam devagar. Viram, ao longe, duas das emas do jardim do Palácio correndo entre as árvores.

Dona Olga prosseguiu:

— Então, na Ermida, Laura Canelas nos falou de como o Marajá era tirânico, autoritário e coisa e tal... Eu concluí que devia ser duro para uma moça jovem e bonita como Bhargavi viver com um marido assim. Tudo se encaixou e o brinco foi a peça final, a chave que desvendou o mistério.

— Será que a Marani vai mesmo conseguir viver longe de Jodaipur e recomeçar a vida no Brasil? — indagou André.

— Não se preocupem com ela — tranquilizou dona Olga. — Bhargavi é jovem, inteligente e decidida. Vai saber se virar muito bem.

Os quatro continuaram caminhando pela comprida rua asfaltada que conduzia aos portões do Palácio. O sol reluzia no céu muito azul da capital federal, enfeitado por nuvens fofas que se sobrepunham, num belíssimo espetáculo visual.

Dona Olga lembrou de mandar uma mensagem do seu celular para o "Leão". Ele já devia saber do sucesso da investigação, mas ela fazia questão de avisar. Parou por alguns segundos para digitar a mensagem e logo alcançou as crianças, que apontavam para as emas e davam risada. Poucos minutos depois, dona Olga olhou a tela do celular e sorriu. Retirada de "Sinfonia da alvorada", a resposta do "Leão" traduzia exatamente a felicidade que ela, Júlia, André e Rachid sentiam naquele momento:

Terra de sol
Terra de luz
Terra que guarda no céu
A brilhar o sinal de uma cruz
Terra de luz
Terra-esperança, promessa
De um mundo de paz e de amor

FICHA DE DETETIVE

O RUBI DO PLANALTO CENTRAL

ESTE CASO FOI...

PÉSSIMO | FRACO | MÉDIO | BOM | MUITO BOM | O MÁXIMO

RESOLVIDO PELO 5º INTEGRANTE DOS CAÇA-MISTÉRIOS

_____
SEU NOME

André
ANDRÉ

RACHID
RACHID

Júlia
JÚLIA

Dona Olga
DONA OLGA

SOU O AUTOR

Eu, Luis Eduardo Matta, o autor

Nome completo: Luis Eduardo de Albuquerque Sá Matta.

Idade: Nasci em 21 de novembro de 1974. Faça as contas.

Uma qualidade: Sou um cara tranquilo e boa-praça. Gosto de conversar sobre vários assuntos e de apreciar as coisas simples do dia a dia.

Um defeito: De vez em quando preciso ficar sozinho, principalmente quando tenho que escrever meus livros. Meus amigos, às vezes, ficam chateados, mas, no fundo, eles entendem.

Meu passatempo favorito: Tenho vários. Fazer longas caminhadas e ler livros que prendam a minha atenção são os principais. Também adoro assistir a bons filmes.

Meu maior sonho: Passar dois anos dando a volta ao mundo. Adoro o contato com outros povos, etnias e religiões. É enriquecedor.

Um pouco da minha vida: Nasci no Rio de Janeiro e fui criado entre a cidade do Rio e uma chácara no meio do mato. Ao mesmo tempo que me adaptei à vida na cidade grande, aprendi a viver na roça, a plantar e a colher. Minha infância tem cheiro de maresia e de grama cortada e sabor de goiaba e de maracujá.

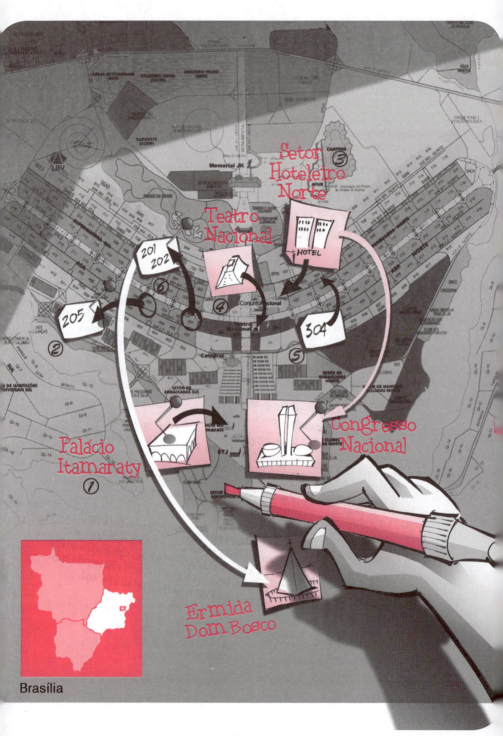

ENTÃO, GOSTOU DA HISTÓRIA QUE ACABOU DE LER?

Que aventura emocionante dona Olga, Júlia, André e Rachid viveram! Além de desvendar o misterioso desaparecimento do rubi indiano, eles passearam por Brasília e conheceram um pouco de sua história. Nas páginas seguintes, você vai saber mais curiosidades sobre a capital do Brasil e também sobre a cultura indiana.

EXPEDIÇÕES PELO INTERIOR DO BRASIL

Brasília foi fundada em 1960, mas a busca pelo melhor lugar para sediar a capital do Brasil é bem mais antiga do que isso. Para entender como tudo começou, que tal retomar alguns fatos e personagens históricos?

Fazia cerca de meio século que os portugueses tinham chegado ao Brasil quando a primeira capital do país, Salvador, foi fundada às margens da Baía de Todos os Santos, em 29 de março de 1549. A "Lisboa da América", como ficou conhecida, manteve-se com título e esplendor de capital por cerca de duzentos anos, até que o Marquês de Pombal, primeiro-ministro muito influente da Coroa portuguesa e, por consequência, administrador implacável da colônia, resolveu que era hora de mudar o mapa.

O Marquês ficou famoso por seu estilo centralizador de governar. Mesmo com inimigos na nobreza, clero e exército, não se intimidou: suas medidas tirânicas impulsionaram o sistema educacional e industrial português, deixando o país menos dependente da Inglaterra. Para o Brasil, ideias de transferir a capital para o interior e desenvolver a área. Em 1763, o Marquês estabeleceu a nova capital da colônia: Rio de Janeiro, o porto por onde escoava o ouro de Minas Gerais. Ainda não era interior, mas pelo menos ficava mais perto do principal produto da colônia na época, facilitando o controle.

Os sertões da minha terra

Em meados do século XVIII, as entradas e bandeiras se embrenhavam cada vez mais no interior do Brasil, em busca de ouro e pedras preciosas. O Tratado de Tordesilhas era desrespeitado e novas terras eram anexadas ao Brasil. O primeiro vilarejo na região central do Brasil — atual estado de Goiás — foi fundado em 1726 pelo bandeirante Bartolomeu Bueno da Silva, o Anhanguera. O desenho ao lado mostra como era Vila Boa, sede da Capitania de Goiás, em 1751.

FAMÍLIA ALBUQUERQUE/CASA DA ENSUA, CASTENDO

UMA CIDADE SONHADA

O tempo passou, e continuaram os palpites sobre onde deveria ser a capital do Brasil. Até os inconfidentes mineiros, em 1789, com seus planos de independência, resolveram arriscar: se a revolução vingasse, São João del Rey, interior de Minas Gerais, seria a capital da nova República. A revolta fracassou, e só em 1823 o assunto foi retomado, desta vez por José Bonifácio de Andrada e Silva, ministro e braço direito de Dom Pedro I. O "Patriarca", como era chamado, também queria levar a capital para o interior, em "sítio sadio, ameno e fértil".

Sonhos sonhos são
O sacerdote italiano João Belchior Bosco (1815-1888), fundador da Ordem dos Salesianos e canonizado em 1934, ganhou fama por suas profecias. Certa vez, sonhou que entre os paralelos 15º e 20º do Hemisfério Sul — bem no meio do Brasil — surgiria um lugar de muita riqueza, próximo a um lago. Dom Bosco teve esse sonho em 1883, e muita gente acredita que ele previu a criação de Brasília; não à toa, o santo se tornou padroeiro da cidade. Em 1957, foi inaugurada a Ermida Dom Bosco, uma capela construída exatamente sobre o ponto de passagem do paralelo 15º, às margens do Lago Paranoá, onde, na nossa história, dona Olga encontrou a deputada Laura Canelas, a princesa Saran e o príncipe Gulab.

Outro projeto de mudança da capital do Brasil foi inscrito na Constituição de 1891, a primeira da República brasileira. O fato é que o romântico desafio não inspirou nenhum governante. Mas virou promessa de Juscelino Kubitschek na corrida para a presidência da República, em 1955. O candidato fez da construção de Brasília um dos carros-chefe de sua campanha.

PONTE ENTRE O VELHO E O NOVO BRASIL

JK, como Juscelino Kubitschek era chamado popularmente, assumiu a presidência em janeiro de 1956 e não perdeu tempo: alguns meses mais tarde sancionou uma lei que autorizava o Executivo a tomar providências para a construção de Brasília. Um ano depois, fixou a data para a transferência da capital: 21 de abril de 1960.

O presidente apresentou Brasília como um projeto consumado que, para ser realizado a contento, tinha que lidar com três questões principais: a concepção de um urbanismo novo, de impacto, a arquitetura moderna e a urgência na construção de estradas. Brasília não poderia ficar isolada e, de 1955 a 1961, foram construídos 13.169 quilômetros de rodovias federais — aumentando em 300% a rede pavimentada até então. A multiplicação das rodovias acompanhou o êxito da indústria automobilística. Pretendia, também, apoiar as populações locais e evitar que elas emigrassem desordenadamente para os grandes centros.

Com a construção de Brasília, Juscelino promoveu uma nova posse do interior, reconquistando-o com a modernização. Um projeto nacional, que visava ao desbravamento e à integração.

Peixe vivo

"50 anos em 5": esse era o *slogan* da campanha de Juscelino Kubitschek. A promessa era fazer o país se desenvolver a jato, cercado da segurança e do otimismo que a figura do presidente imprimia. A política de Juscelino, chamada de desenvolvimentista, tinha um Plano de Metas (agrupando os setores de energia, transportes, alimentos, indústria e educação, além da construção de Brasília, que se tornou a "metassíntese").

A AVENTURA DA NOVACAP

A Novacap, como ficou conhecida a Companhia Urbanizadora da Nova Capital do Brasil, apoiou-se no Plano Piloto do urbanista Lúcio Costa (que continha os princípios urbanísticos essenciais do século XX, muito influenciado por Le Corbusier, importante arquiteto francês) e na criatividade arquitetônica de Oscar Niemeyer.

Em poucos dias, o primeiro prédio já estava de pé: o Catetinho, no qual Juscelino se hospedava para acompanhar as obras. Era um "palácio de tábuas" onde, à noite, "só se ouvia o miado das onças". Já em fevereiro de 1957 contavam-se cerca de três mil trabalhadores vindos de todas as regiões do país para começar a construção da nova capital.

Rumo a Brasília

Nove meses após o início da construção de Brasília, 12.700 pessoas já moravam na futura capital do Brasil. Dentre elas, trabalhadores que levantavam as estruturas da nova cidade. Vindos de norte a sul do país, em busca de melhores condições de vida (nem sempre atingidas, pois o trabalho era pesado e muitas vezes perigoso), esses trabalhadores, que você vê representados na foto ao lado, ficaram conhecidos como "candangos" — palavra africana originalmente usada para se referir aos portugueses. O artista Bruno Giorgi fez uma homenagem a eles com a escultura *Candangos*, que fica na Praça dos Três Poderes. Também é de Giorgi a escultura *O meteoro*, que dona Olga mostra a André, Rachid e Júlia na entrada do Palácio Itamaraty.

PETER SCHEIER

CIMENTANDO O CORAÇÃO DO BRASIL

A construção de Brasília, materialização da euforia desenvolvimentista, se completou em três anos e dez meses. Quando foi inaugurada, a nova capital já se ligava a Goiânia, Belo Horizonte, Fortaleza e Rio Branco.

CORRIDA CONTRA O TEMPO: ESTÁGIO DA CONSTRUÇÃO DO CONGRESSO NACIONAL, EM 1959.

Em cada parede, arte e consciência

Palácio da Alvorada, Catedral, Praça dos Três Poderes, Congresso Nacional, Ministério da Justiça, Supremo Tribunal Federal e Palácio do Planalto: dona Olga, Júlia, André e Rachid passearam por vários desses edifícios. Todos projetados por Oscar Niemeyer,

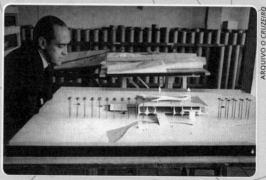

um dos mais importantes arquitetos brasileiros contemporâneos que, na foto da página ao lado, de 1956, observa a maquete do Palácio do Planalto. Ao projetar os edifícios de Brasília, Niemeyer colocou ali conceitos essenciais para a vida de todos, como liberdade, beleza, leveza e festividade. Além disso, o rigor estético e a consciência política também se fizeram presentes. Niemeyer compara a arquitetura a "outras coisas ligadas à vida e ao homem (...), à luta política, à colaboração que todos nós devemos à sociedade, aos nossos irmãos mais desfavoráveis".

Brasília foi inaugurada como nova sede administrativa do Brasil no dia 21 de abril de 1960, concretizando os planos de Juscelino Kubitschek. Aos poucos, outros órgãos públicos foram transferidos do Rio de Janeiro para Brasília, e a cidade não parou de crescer.

Atualmente, moram em Brasília cerca de dois milhões e meio de pessoas. Ela é uma das dezenove cidades-satélites, áreas urbanas que pertencem ao Distrito Federal.

Música para um novo lugar

Dois dos maiores músicos brasileiros, Tom Jobim e Vinícius de Moraes, na foto ao lado, receberam uma grande encomenda para a inauguração de Brasília: compor uma sinfonia. A "Sinfonia da alvorada", que mais tarde ficou conhecida como "Sinfonia de Brasília", era para ser a música tema da inauguração. Mas acabou sendo apresentada ao público apenas em 1966. Ela foi tocada ao vivo em Brasília pela primeira vez somente em 1986. Segundo Tom, na nova cidade "o Brasil aparece em toda sua nostalgia e grandeza. Uma nova civilização se esboça".

A TERRA DAS ESPECIARIAS

Segundo país mais populoso do mundo, só perdendo para a China, a Índia tem quase 1,5 bilhão de habitantes. Seriam necessários mais de dez mil estádios do Maracanã para acomodar tanta gente. Com 2,5% da área da Terra, a Índia reúne quase 17% da população planetária. São 304 pessoas por quilômetro quadrado.

EM NOVA DÉLI, ENGARRAFAMENTO DE RIQUIXÁS (TRICICLOS MOVIDOS A MOTOR OU A PEDAL), QUE CIRCULAM PELAS RUAS AO LADO DE CARROS, MOTOS, BICICLETAS E ANIMAIS. O ALTO ÍNDICE DEMOGRÁFICO DA ÍNDIA ASSUSTA O MUNDO.

A Índia é berço de diversas civilizações. No século XVI, época das Grandes Navegações, os europeus descobriram no continente asiático, e especificamente na Índia, produtos que deslumbraram a corte europeia: seda, algodão e especiarias como cravo e canela, que apuravam os paladares da nobreza.

Aos poucos, os ingleses dominaram a região, até transformá-la em colônia da Grã-Bretanha — situação que perdurou até 1947, quando a Índia conquistou sua independência. Um dos que mais batalharam por isso foi Mahatma Gandhi.

Luta pacífica

Mahatma Gandhi nasceu em 1869, na Índia. Foi um dos idealizadores e fundadores do moderno Estado indiano e defensor do princípio da não violência como forma de protesto. Em sua política de não agressão, Gandhi fazia uso de jejuns e boicotava produtos importados ou taxados pelos colonizadores britânicos. Um de seus atos de protesto mais famosos foi a Marcha do Sal, quando levou milhares de indianos para o mar para coletar o próprio sal em vez de pagar taxas pelo sal comprado.

Depois de diversas ações, dentre as quais se incluiu a negação de apoio à Inglaterra durante a Segunda Guerra Mundial (1939-1945), a Índia se dividiu em dois países (Índia, hindu, e Paquistão, muçulmano) e conquistou sua independência em 1947. Mahatma (que em sânscrito quer dizer "grande alma") Gandhi foi assassinado por um fanático hindu em 1948.

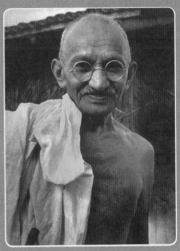
WALLACE KIRKLAND/TIME LIFE PICTURES/GETTY IMAGES

Na história que você leu, o Marajá Rajesh Mishra II e a Marani Bhargavi são recebidos com toda a pompa, como chefes de Estado, no Palácio Itamaraty. Na realidade, porém, a Índia é uma república federativa desde sua independência. Seu atual presidente, eleito em 2007, é Pratibha Patil e o primeiro-ministro, desde 2004, é Manmohan Singh. Há muitos séculos a Índia era formada por vários pequenos reinos, governados por marajás — em híndi, "grande rei" —, cujas mulheres eram as maranis. Depois da independência, no entanto, seu poder político diminui consideravelmente e eles se tornaram meramente figurativos.

Atualmente a Índia luta contra a pobreza (e situações daí decorrentes, como alto grau de mortalidade infantil, analfabetismo, doenças como malária, cólera e tifo) e contra os conflitos étnicos e religiosos com o vizinho Paquistão. Nenhum lugar é tão diversificado e contraditório: ao lado de tamanha miséria, a economia cresce 7% ao ano, o país concentra a maior população de especialistas em diversas áreas do planeta, envia satélites ao espaço e até virou potência nuclear.

UM VIVA PARA AS VACAS!

A população da Índia é formada principalmente por etnias indianas, chinesas, europeias e tibetanas. A religião mais popular é o hinduísmo, porém há muitos seguidores do budismo, do islamismo e do cristianismo.

O hinduísmo é uma religião politeísta. Seus seguidores acreditam em vários deuses, dentre os quais Shiva, Brahma e Vishnu. Muitos de seus deuses são meio homem, meio bicho, e por isso muitos animais são sagrados na Índia: a vaca é um deles (você lembra que Barupal é vegetariano?); até os ratos são venerados. Assim como os cristãos seguem a Bíblia e os muçulmanos, o Alcorão, os hinduístas possuem as coleções Vedas, divididas em quatro partes: Samhitas, Brahmanas, Araniakas, Upanishads.

Para os hindus, a religião é tão importante que determina a organização social. É o sistema de castas — ele divide as pessoas em grupos que não podem se misturar, estratificados socialmente. O país convive com as castas há mais de três mil anos. Atualmente são feitos debates em torno do assunto (até que ponto esse sistema é um dogma do hinduísmo ou legado de uma estrutura imposta por invasores árabes, séculos atrás?), mas os indivíduos de castas mais baixas, os párias ou intocáveis, continuam padecendo com as poucas opções de emprego e o restrito acesso à educação. Seguir o sistema de castas é proibido por lei. O governo tem projetos para proporcionar mais oportunidades àqueles de castas mais baixas, mas cerca de 160 milhões de indianos ainda sofrem com o preconceito.

MENINOS BRÂMANES, DE UMA DAS CASTAS MAIS ALTAS, EM UM RITUAL NO RIO GANGES.

Existem nada menos que 23 línguas oficiais no país, incluindo o híndi e o inglês, além de quatrocentos idiomas e dialetos. Será que com apenas aquela pequena lista retirada da internet, dona Olga aprendeu algo do híndi?

PROFUSÃO DE CORES, SONS E SABORES

Ao lado dos muitos problemas sociais, políticos e econômicos, a Índia tem uma grande parcela de fascínio: é um dos berços de nossa civilização, um patrimônio cultural e espiritual com mais de cinco mil anos de existência.

Para olhos ocidentais, a Índia é um destino para lá de exótico. É preciso deixar o olhar turístico de lado e mergulhar nessa sociedade para entender como, em meio ao caos de um país superpopuloso, mulheres quase que flutuam com seus sáris coloridos, homens engravatados com celular e mp3 *player* esbarram em outros de turbante, e os *sadhus*, homens santos que meditam, passam dias sentados na posição de lótus numa inabalável prova de fé.

Na Índia, o hambúrguer dos *fast-foods* é de carne de carneiro — detalhe de uma gastronomia tão rica e provocante em sabores (é só lembrar o que os personagens do livro acharam do almoço com o Marajá).

A aventura dos sentidos não para por aí: uma cidade tem os prédios todos rosa (Jaipur); outra, os prédios todos azuis (Jodpur). Lagos sagrados, palácios milenares e oásis dourados no meio do deserto podem fazer um incauto achar que está em uma das histórias de Sherazade, de *As mil e uma noites*. E será que não poderia estar mesmo?

Monumento ao amor

Uma das construções mais perfeitas do mundo, o Taj Mahal foi construído pelo governante mogol Shah Jahan em homenagem à sua esposa favorita, que morrera no parto. A construção do mausoléu levou 22 anos para se completar e envolveu vinte mil trabalhadores e uma manada de mil elefantes carregando blocos de mármore de duas toneladas. Esse palácio dedicado ao amor romântico se tornou um lugar sagrado para muitos muçulmanos, como o homem da foto, que reza ajoelhado na entrada do monumento.

MANISH SWARUP/AP PHOTO

O Taj Mahal está ameaçado pela poluição: as emissões de gases das fábricas formam o ácido sulfúrico, que está corroendo e amarelando o mármore.

127

RESPOSTAS DOS ENIGMAS

P. 22: Como ela disse, o rubi é um mineral muito duro, que não quebra.

P. 29: A nova coleção de joias lançada por Orestes Buriti é inspirada na religião hindu, praticada pelo Marajá e pelos habitantes de Jodaipur.

P. 36: O intérprete pode manipular as palavras e mentir.

P. 49: É o filho dela.

P. 59: A princesa Saran entrando em uma limusine.

P. 70: André percebeu que mesmo com toda a chuva o microfone do aparelho permaneceu ligado. Isso os ajudaria a descobrir quem era a mulher encapuzada.

P. 79: Será que o encontro na Ermida Dom Bosco era uma armadilha planejada por Laura Canelas?

P. 91: É a assistente de Orestes Buriti.

P. 101: Júlia percebeu que a Marani está apenas com um brinco. Era ela quem estava no banheiro do teatro.